Stefanie Schreiber

Nordfriesenmord

Die Deutsche Nationalbibliothek verzeichnet diese Publikation in der Deutschen Nationalbibliografie; detaillierte bibliografische Daten sind im Internet über www.dnb.de abrufbar.

Text: Stefanie Schreiber
Umschlagfoto: Adobe Stock
Lektorat: Ursula Schneider
Korrektorat: Margarete Götz
Fotovorlagen: Paul Fröls, Stefanie Schreiber
Covergestaltung und Buchdesign: Jette Marthens
Illustration *Emily Anderson*: Jette Marthens

ISBN 978-3-96608-0293
Gedruckt in Deutschland

Alter Elbdeich 124
21217 Seevetal-Over
www.Nordfriesen-Krimi.de

Stefanie Schreiber

Nordfriesenmord

1. Fall für Emily Anderson

Küstenkrimi

servitus Verlag

Für alle Fans
humorvoller Kuschelkrimis

Ein kleines Lexikon norddeutscher Begriffe
finden Sie am Ende des Buches.

Prolog

Die Polizei verdächtigt Nele, ihre Mutter ermordet zu haben!“ Eindringlich guckte Emilia ihrem Mann in die Augen. Dabei kräuselte sich der Bereich zwischen ihren Brauen, was der Vorbote einer heftigen Diskussion werden konnte, wenn er nicht wie gewünscht reagierte.

Trotz des ernsten Themas musste Piet sich bemühen, sein Schmunzeln zu unterdrücken. Wie üblich verhielt sich Emilia völlig emotional, obwohl sie über einen messerscharfen Verstand verfügte.

„Bist du sicher? Oder handelt es sich lediglich um die Standardfrage, wo sie zur Tatzeit gewesen ist?“

Einen Augenblick ließ sie sich die Frage durch den Kopf gehen.

„Das kann ich mir nicht vorstellen“, widersprach sie dann vehement.

„Aber du weißt es nicht genau?“ Piet blieb vorerst gelassen und wartete ab, welche weiteren Informationen er bekam.

„Sie war total aufgelöst ...“

„Das ist ja nun kein Wunder. Wer regt sich nicht auf, wenn die eigene Mutter umgebracht wird? Was wollte sie eigentlich von dir?“

„Nele hat mich um Hilfe gebeten. Wie es aussieht, setzt sie in die Ermittlungen der Polizei kein großes Vertrauen.“

„Und dann ruft sie ausgerechnet dich an?“, fragte Piet überrascht. „Glaubt sie, wir sind für die Aufklärung eines Mordes geeignet, weil wir Kriminalromane schreiben?“

„Keine Ahnung. Vielleicht hat sie sich an mich gewandt, weil ich eine alte Freundin von Tessje bin.“ Emilia zuckte mit den Schultern. „Aber natürlich kann ich ihre Bitte nicht ausschlagen.“

„Natürlich nicht“, bemerkte er trocken.

„Immerhin geht es um eine Freundin“, verteidigte sich Emilia.

„Mit der du in den letzten drei Jahren kaum Kontakt hattest.“

„Ja, das stimmt. Nach dem Tod von Jens hat sie ein sehr zurückgezogenes Leben geführt, sich regelrecht in ihrem Haus in Stufhusen vergraben. Trotzdem fühle ich mich verpflichtet, ihrer Tochter zur Seite zu stehen“, erklärte sie entschlossen.

„Vielleicht war sie es wirklich“, provozierte Piet, wobei er Emilia genau beobachtete. Ihre sechsundfünfzig Jahre waren ihr nicht anzusehen. Der moderne Haarschnitt ließ sie jünger aussehen. Besonders stolz war sie auf die rote

Farbe, die immer noch naturgegeben war. Sie passte wunderbar zu der etwas blassen Haut, auf der sich zu dieser Jahreszeit wieder vermehrt Sommersprossen zeigten, in die sich Piet bei ihrem ersten Treffen vor fast dreißig Jahren sofort verguckt hatte.

„Das glaubst du doch nicht ernsthaft!“, holte sie ihn aus seiner Betrachtung.

„Es geht ja nicht darum, was ich glaube, aber möglich wäre es immerhin. Die Polizei wird sicherlich eine gründliche Untersuchung durchführen. Inwiefern sollst du ihr dabei helfen?“, fragte er.

„Das weiß ich nicht. Nele schien von den beiden Kommissaren nicht angetan zu sein“, antwortete Emilia.

„Ach, vermutlich stand sie unter Schock und fühlte sich deswegen verdächtigt. Es klingt so, als würdest du dich in die Ermittlungen einmischen wollen, anstatt dein nächstes Manuskript zu vollenden, obwohl es in drei Wochen abgegeben werden muss“, mutmaßte Piet.

„Ich gebe zu, dass es mich neben der Unterstützung von Nele tatsächlich reizt, in einem realen Fall zu recherchieren. Vielleicht können wir darüber sogar den nächsten Krimi schreiben.“ Aus ihren grünen Augen funkelte Emilia ihn über die obligatorische Lesebrille hinweg an. „Eine Geschichte, die auf wahren Fakten basiert, ist viel spannender als eine fiktive. Und wenn unsere Freundschaft auch etwas abgekühlt war, bin ich natürlich daran interessiert, Tessjes Mörder zu überführen.“

„Das verstehe ich, meine Liebe. Dann landet das laufende Manuskript wohl auf meinem Schreibtisch“, lächelte er.

„Immerhin bist du mein Co-Autor. Es wird ohnehin Zeit, dass das ‚y‘ unserer Autorenmarke *Emily Anderson* mal wieder etwas zu tun bekommt. In letzter Zeit hast du es dir mit Recherche und dem ganzen Zahlenkram ganz schön gemütlich gemacht." Emilia ließ sich nicht beirren.

„Ah, so nennst du meine wichtigen Managementaufgaben also. Ich habe nichts dagegen, wenn du es dir mal mit Buchhaltung, Controlling, Marketing und den Verhandlungen mit unserem Verleger gemütlich machst", lachte Piet.

„Keine Chance. Das würde nur Chaos geben. Aber die intensive Recherche in diesem Fall übernehme ich gerne. Außerdem bleibe ich ja in der Nähe. Nach Westerhever fahre ich lediglich eine gute halbe Stunde. Darüber hinaus werde ich natürlich in Nordfriesland unterwegs sein. Trotzdem stehe ich für das laufende Manuskript zur Verfügung, wenn du meine Beteiligung brauchst. Ich kann abends das Geschriebene überarbeiten oder fortsetzen. Wäre trotzdem schön, wenn du mal wieder übernimmst."

„Das mache ich gerne. Wenn ich ehrlich bin, fehlt mir die kreative Arbeit sogar. Pass aber auf dich auf. Es ist ein Unterschied, ob du lediglich für einen Roman recherchierst oder es mit einem echten Mörder aus Fleisch und Blut zu tun hast. Und sei nicht voreingenommen, weil du Nele Carstensen bereits zu kennen glaubst. Im Grunde weißt du nicht viel über sie, oder?" Piet war wirklich besorgt.

„Ich verspreche dir, vorsichtig und in alle Richtungen offen zu sein."

Es war Emilia anzusehen, wie sehr sie sich auf die neue Herausforderung freute.

Nele in St. Peter-Ording

Mittwoch, den 14. September

Nele Carstensen sehnte sich nach einem freien Tag. Obwohl die stärksten Monate der Hauptsaison geschafft waren, gab es bislang keine Entspannung. Sie fühlte sich müde und ausgelaugt. Natürlich lag das in erster Linie an den beiden Wochenenden, die sie durchgearbeitet hatte. Alle Quartiere auf Eiderstedt schienen nach wie vor ausgebucht zu sein und trotzdem riss der Strom der Urlauber nicht ab. Viele von ihnen waren aufgrund des strahlenden Sonnenscheins spontan angereist und versuchten nun, bei ihr in der Tourismusinformation in Sankt Peter-Ording ein freies Bett zu ergattern.

Das allein war Routine. Leider brachten etliche von ihnen nur wenig Geduld auf, wenn sie erklären musste, dass es einfach keine freien Kapazitäten gab. Die Empfehlung, etwas früher zu planen, wurde bestenfalls mit einem unfreundlichen Blick quittiert. Wer sich weniger unter Kontrolle hatte, fing an zu motzen.

In diesen Momenten verfluchte Nele den Tag, an dem sie den Kaufvertrag für das kleine Elektroauto unterschrieben hatte. Der Verkäufer war wirklich überzeugend gewesen. Nicht nur die Vorteile des Wagens - verbunden mit dem Beitrag zum aktiven Umweltschutz - hatte er ihr in allen Farben und Facetten angepriesen, sondern außerdem die staatliche Prämie als einmalige Gelegenheit dargestellt, sich von den ewigen Steuerzahlungen einen kleinen Teil zurückzuholen.

Und warum sollte sie sich nicht auch mal etwas gönnen? Ihre Zwei-Zimmer-Wohnung am Rande von Tating wies keinerlei Luxus auf und war genau genommen ein Rückschritt in ihrer Entwicklung. Nach wie vor traucrtc sic dem Einfamilienhaus hinterher, in dem sie mit ihrem Mann gewohnt hatte, aber einen derartigen Komfort konnte sie sich seit der Trennung nicht mehr leisten.

Das schnuckelige Auto war selbst nach Abzug des Zuschusses vom Fiskus eigentlich zu kostspielig gewesen, aber irgendwie würde sie die Raten für den zinslosen Kredit schon aufbringen. Nele nutzte also die Gelegenheit, für eine erkrankte Kollegin einzuspringen, um mittels Überstunden ihr Konto ein wenig aufzubessern. An diesem Tag gingen ihr die Urlauber allerdings auf die Nerven.

Als schließlich die beiden Männer mit todernsten Gesichtern an ihren Tresen traten, wäre sie am liebsten spontan in die Pause verschwunden.

So wie die drauf waren, konnte es sich nur um eine Beschwerde handeln!

„Moin! Ich bin Kriminalkommissar Volker Grimm, das ist mein Kollege Mats Sommerfeld. Wir möchten gerne mit Nele Carstensen sprechen.“

Sofort wurde ihr mulmig zumute. Eigentlich konnte es sich nur um ihre Mutter handeln – aber warum kam dann die Polizei zu ihr?

Kommissar Grimm unterbrach ihre Gedanken. „Wissen Sie, wo wir sie finden?“

„Ja, ich bin es selbst. Worum geht es denn?“, stotterte Nele und kam sich dabei wie ein unbeholfener Trampel vor. Auf dieser Position wurde von ihr mehr Souveränität erwartet.

„Können wir irgendwo in Ruhe unter sechs Augen schnacken?“, fragte er mit unbewegter Miene, aus der sich nicht ablesen ließ, was er von ihr wollte.

„Hier ist ziemlich viel Trubel“, fügte der wesentlich jüngere Mats Sommerfeld mit einem freundlichen Nicken hinzu.

Nele warf einen Blick auf die Schlange, die sich hinter den Kommissaren gebildet hatte. Sie konnte unmöglich einfach ihren Platz verlassen!

„Ist es möglich, dass Sie eine halbe Stunde warten – oder später wiederkommen? Ich muss erst meine Arbeit erledigen, sonst bekomme ich Ärger.“ Weder mit den Urlaubern noch mit ihrer Vorgesetzten wollte sie diskutieren, warum sie spontan den Tresen schloss. Das ging an diesem Tag einfach über ihre Kraft.

Kommissar Volker Grimm zog seine buschigen Augenbrauen zusammen, dazwischen entstand eine tiefe Falte. Seine Lippen hielt er zu einem schmalen Strich gepresst.

Insgesamt tat der Mann seinem Namen alle Ehre. Anscheinend war er Widerspruch nicht gewohnt. Neles Nervosität stieg unwillkürlich. Fahrig schob sie die blonde Strähne aus dem Gesicht, die sich aus der Hochsteckfrisur gelöst hatte, mit der sie ihre Locken bändigte, wenn sie zur Arbeit fuhr.

„Kein Problem", antwortete Mats Sommerfeld, den sie auf Ende zwanzig schätzte. „Wir holen uns eben ein Fischbrötchen und sind in einer halben Stunde wieder hier. Gibt es einen Raum, in dem wir uns in Ruhe unterhalten können? Sie müssten andernfalls zu uns nach Husum kommen."

Neles Gedanken rasten. Sollte sie lieber nach Husum fahren? Dafür müsste sie sich allerdings den ganzen Nachmittag freinehmen. In der Mittagspause schaffte sie nicht einmal die Hin- und Rückfahrt, geschweige denn ein längeres Gespräch. Sie wagte nicht, den älteren Kommissar anzuschauen. Bei dem Wort Fischbrötchen grunzte er unzufrieden. Entweder hatte er heute einen schlechten Tag oder er war generell mies gelaunt.

„Können Sie mir nicht einfach sagen, worum es geht?", flüsterte Nele, damit die drängelnden Touristen nichts davon mitbekamen. Bestimmt würde einer von ihnen in Kürze seinen Unmut über die lange Wartezeit äußern.

„Es geht um Ihre Mutter", antwortete Mats Sommerfeld ebenfalls halblaut. „Aber wir sollten wirklich nicht hier darüber reden."

Ihre Vermutung war also richtig gewesen. Nervös kritzelte sie mit dem Kugelschreiber Kringel auf das vor ihr liegende Formular. Aber warum kam die Kriminalpolizei zu ihr? Am besten versuchte sie, schnell eine Ablösung zu bekommen.

Da es sich anscheinend um einen Notfall handelte, sprang ihre Chefin bestimmt für sie ein. „Okay, ich komme so schnell wie möglich. Bitte warten Sie dort drüben."

Eine Viertelstunde später saß sie den beiden Kommissaren in einem kleinen Besprechungsraum gegenüber. Die Luft war stickig und Nele hatte Mühe zu atmen. Aus Angst, ihre Stimme könnte versagen, wartete sie auf die Gesprächseröffnung durch einen der Männer. Gern hätte sie wenigstens ein Glas Wasser getrunken, um den leichten Schwindel zu vertreiben, daran hatte sie in der Aufregung aber nicht gedacht.

Schließlich ergriff Kommissar Grimm das Wort: „Frau Carstensen, wir müssen Ihnen leider mitteilen, dass Ihre Mutter heute Morgen tot aufgefunden wurde ..."

In Neles Ohren fing es an zu rauschen. Die Lippen des Polizisten bewegten sich weiter, aber sie konnte nicht mehr verstehen, was er sagte. Gerade war es ihrer Mutter wieder besser gegangen! Ihr Onkologe hatte ihnen immerhin Hoffnung auf weitere Monate gemacht. Sie schien etwas kräftiger zu werden, zumindest vorübergehend, um ihren letzten Herbst ein wenig genießen zu können. Die Medikamente schlugen an. Warum war sie jetzt ganz plötzlich verstorben? Das ergab überhaupt keinen Sinn!

„... Frau Carstensen! Verstehen Sie, was ich Ihnen sage?" Kommissar Grimm bewegte zu seinen Worten eine Hand vor ihren Augen hin und her.

„Ja", hauchte Nele. Ihre Kehle war trocken. „Ich brauche etwas zu trinken", krächzte sie schließlich. „Können Sie mir bitte ein Glas Wasser holen?"

Auf ein Zeichen seines Kollegen erhob sich Mats Sommerfeld, um ihrer Bitte nachzukommen.

„Was ist passiert?“, flüsterte Nele mit letzter Kraft. Hatte ihre Mutter vielleicht einen Unfall gehabt? Seit es ihr besser ging, fuhr sie ständig mit ihrem E-Bike zum Leuchtturm von Westerhever, den sie als neue Kraftquelle bezeichnete. Hatte sie sich dabei überanstrengt? Aber führte ein Sturz mit dem Fahrrad zum Tod?

Der junge Kommissar Sommerfeld kehrte mit dem Wasser zurück. Wieder nickte er ihr aufmunternd zu, während er einschenkte. Ganz offensichtlich brachte er wesentlich mehr Empathie als sein Kollege auf, der sie lediglich mit ernstem Gesicht anstarrte. Immerhin wurde er nicht ungeduldig, obwohl sie sich überhaupt nicht auf das konzentrieren konnte, was er ihr mitteilte.

„Soll ich das Fenster öffnen?“, fragte Mats Sommerfeld. „Sie sehen blass aus.“

Nele nickte. Es tat gut, endlich ihren Durst zu löschen. Die auflaufende Flut der Nordsee blies zusätzlich ein wenig Frische in den kleinen Raum. Seit sie in der Tourismusinformation arbeitete, hatte sie den Tidekalender im Kopf, weil sie ständig danach gefragt wurde, obwohl ja jeder ganz einfach selbst danach schauen konnte. Sie schob den flüchtigen Gedanken beiseite, fühlte sich aber bereits etwas besser.

„Geht es wieder?“, fragte der besorgte Kommissar.

Nele nickte.

„Also gut, dann können wir ja mal zu Potte kommen“, bemerkte der Kollege Grimm, was Nele zusammenzucken ließ. Wie unsensibel manche Männer doch waren! Gehörte es nicht zu der Ausbildung der Kriminalbeamten, die Angehörigen von Todesopfern einfühlsam zu behandeln?

„Wo wurde meine Mutter denn gefunden?“, fragte sie, um es möglichst schnell hinter sich zu bringen.

„In der Deichstraße zwischen Stufhusen und Westerhever“, antwortete Kommissar Grimm sachlich.

Wie Nele vermutet hatte! Aber war für einen Fahrradunfall die Kriminalpolizei zuständig? „Ist sie gestürzt?“

„Nein, Frau Carstensen. Leider müssen wir Ihnen mitteilen, dass es sich um ein Kapitalverbrechen handelt“, übernahm Mats Sommerfeld.

„Ein Kapitalverbrechen?“ Die Worte hallten in Neles Ohren wider. Ihr Verstand weigerte sich zu glauben, was sie gerade hörte. „Sie ist ermordet worden?“, flüsterte sie, obwohl sie die Antwort bereits kannte.

„Ja“, bestätigte Kommissar Sommerfeld knapp und gab ihr damit etwas Zeit, die Mitteilung zu verdauen.

„Das verstehe ich nicht“, gab Nele zu.

„Es ist für die Angehörigen immer schwer ...“

„Ja. Nein. Das meine ich nicht.“ Die Gedanken wirbelten durch ihren Kopf. „Das ergibt überhaupt keinen Sinn!“

„Was soll das heißen?“, fragte Kommissar Grimm, der sofort zu begreifen schien, was Nele gerade beschäftigte.

Die barschen Worte halfen ihr, etwas Abstand zu dem eben Gehörten zu bekommen. Sie blickte ihm direkt in die eisgrauen Augen und straffte sich, bevor sie schließlich antwortete.

„Meine Mutter hatte Bauchspeicheldrüsenkrebs mit der Lebenserwartung weniger Monate. Warum sollte jemand sie ermorden?“

Die Aussage schien beide Männer zu überraschen.

Schließlich brach der Ältere das kurze Schweigen.

„War das allgemein bekannt?“ Immerhin dachte der grimmige Kommissar schnell.

„Na ja, was heißt schon allgemein?“ Die Konzentration auf sachliche Fragen gab Nele wieder mehr Ruhe zurück.

„In ihrem Umfeld war es bekannt und natürlich sah sie nicht besonders gesund oder kräftig aus."

„Wir können bislang nichts über das Tatmotiv oder den Täter sagen, aber natürlich werden wir diese Information in unsere Ermittlung einbeziehen. Wie war Ihr Verhältnis zu Ihrer Mutter, Frau Carstensen?", folgte die nächste persönliche Frage, die ihr inneres Gleichgewicht erneut gefährdete.

„Normal würde ich sagen", antwortete Nele lapidar. Worauf wollte der Kommissar hinaus?

„Was meinen Sie damit?"

„Na, was schon?" Sie fühlte sich in die Enge getrieben. Stand sie etwa als mögliche Täterin unter Verdacht? Automatisch wurde sie lauter. „Es war ein normales Mutter-Tochter-Verhältnis mit allen Höhen und Tiefen."

„Haben Sie bei ihr gewohnt?" Die Fragen kamen knapp und präzise, aber gerade das machte Nele zu schaffen. Wieder vermisste sie Mitgefühl, immerhin hatte sie gerade ihre Mutter verloren. Auch wenn sie sich seit Monaten auf diesen Tag vorbereitete, traf sie die Mitteilung nun mitten ins Herz.

„Nein, das wollte sie nicht. Sie wurde von einem ambulanten Pflegedienst betreut. Die haben sie bei allem unterstützt, was sie nicht mehr allein geschafft hat. Auf keinen Fall wollte sie ihre Unabhängigkeit verlieren, dafür war sie nicht der Typ." Konnte es sich vielleicht doch um einen Unfall handeln? „Sind Sie sicher, dass sie ... ermordet wurde?" Ihre Stimme zitterte. Es laut auszusprechen, war schwieriger, als es bloß zu denken.

„Ja, leider", schaltete sich Mats Sommerfeld wieder ein.

„Es wurde also Gewalt angewendet", stellte Nele fest und war sich nicht sicher, ob sie Details hören wollte.

„So ist es“, bestätigte Kommissar Grimm, ohne diesen Aspekt weiter auszuführen. Vielleicht war er doch nicht so unsensibel wie gedacht.

Oder es war richtig schlimm.

Wieder schaute Nele ihm direkt in die Augen, die jedoch keine Emotionen preisgaben. „Bitte sagen Sie mir, was passiert ist. Ich werde es ja sowieso erfahren. Ich möchte ungern in der Zeitung lesen, wie meine Mutter umgekommen ist“, fügte sie hinzu, als der Kommissar mit seiner Antwort zögerte.

„Okay“, erklärte er sich einverstanden. „Tatsächlich müssen Sie jetzt sehr stark sein.“ Er legte erneut eine Pause ein, bevor er weitersprach, was seine Sympathiewerte bei Nele noch einmal steigen ließ. „Tessje Carstensen wurde blutüberströmt am Rande der Deichstraße gefunden. Der Täter hat sie mit zahlreichen Messerstichen getötet. Vermutlich war sie von Westerhever Richtung Stufhusen unterwegs, also auf dem Rückweg nach Hause.“

„Ja.“ Nele versuchte, die Bilder aus ihrem Kopf zu verscheuchen. „Meine Mutter fuhr diesen Weg fast jeden Abend.“

„Jeden Abend? Dafür hatte sie die Kraft?“

„Eigentlich nicht. Es gehörte aber zu ihrer Art, mit der Krankheit umzugehen. Ein letztes Aufbäumen sozusagen, seit circa zwei Wochen. Wenn das Wetter es zuließ, fuhr sie zum Leuchtturm, um Energie zu tanken, wie sie es nannte. Genau genommen hat sie damit mehr Kraft verbraucht.“ Die Antwort kam automatisch. Schließlich wanderten ihre Gedanken zu dem Gehörten weiter. Wer hatte gegen ihre Mutter solche Aggressionen verspürt, um sie derart brutal umzubringen? Oder war sie einfach aus Zufall einem Wahnsinnigen zum Opfer gefallen?

„Verstehe“, nahm Kommissar Grimm seine Befragung wieder auf. „Können Sie sich vorstellen, wer für die Tat verantwortlich ist? Hatte ihre Mutter Feinde?“

„Feinde? Meine Mutter war eine kranke, vom Krebs gezeichnete Frau. Was für Feinde soll sie denn gehabt haben?“

„Sagen wir mal Personen in ihrem Umfeld, mit denen sie starke Konflikte oder permanenten Streit hatte“, relativierte er seine Frage.

„Ich glaube, Sie verkennen die Situation“, antwortete Nele langsam. „Streit lag nicht in ihrem Fokus. Sie haderte mit ihrem Schicksal, war launisch und ungnädig. Seit dem Tod meines Vaters konnte sie nur noch wenige Menschen in ihrer Nähe ertragen. In den letzten drei Jahren lebte sie überwiegend zurückgezogen ohne am gesellschaftlichen Leben teilzunehmen. Seit ihrer Diagnose wollte sie selbst mich nur noch ab und zu sehen. Meist, wenn sie Hilfe brauchte.“

„Und haben Sie ihr gerne geholfen?“, hakte der Kommissar nach.

„Ja, wenn mein Job es zuließ, habe ich sie unterstützt. In letzter Zeit war es etwas seltener, weil ich in der Hochsaison naturgemäß Überstunden anhäufe.“

„Wo waren Sie gestern Abend?“, fragte er daraufhin so unvermittelt, dass Nele beinahe ihr Glas fallen gelassen hätte.

„Sie verdächtigen mich, meine Mutter erstochen zu haben?“ Ihre Stimme überschlug sich.

„Es handelt sich lediglich um eine Routinefrage“, antwortete Kommissar Grimm, aber sein eisiger Blick strafte diese Aussage Lügen.

Emilia in Stufhusen

Donnerstag, den 15. September

Der Weg nach Westerhever gab Emilia genügend Zeit, um an ihre Freundschaft mit Tessje Carstensen zurückzudenken. Unwillkürlich überlegte sie dabei, warum sie sich dermaßen aus den Augen verloren hatten. Dass Tessje sich nach Jens´ plötzlichem Unfalltod von ihr zurückzog, war damals überraschend und gleichzeitig schmerzhaft gewesen. Emilia hatte die Freundin als wichtigen Teil ihres Lebens betrachtet, das schien umgekehrt nicht so gewesen zu sein. Manchmal fragte sie sich, ob es daran lag, wie eng verbunden sie mit Piet war. Vielleicht konnte die Witwe solche partnerschaftliche Harmonie in ihrer Nähe nicht mehr ertragen, seitdem ihr eigenes Lebensglück so jäh zerstört wurde.

Emilia schob die müßigen Gedanken beiseite. Nun war es zu spät, um die Freundschaft wieder aufleben zu lassen. Trotzdem fühlte sie sich verpflichtet, den Hilferuf von Nele ernst zu nehmen und sie in dieser schweren Zeit zu unterstützen. Vielleicht konnte sie auf diesem Weg etwas gutmachen, auch wenn sie sich eigentlich nichts vorwerfen brauchte. Etliche Male war sie damals auf Tessje zugegangen, um ihr beizustehen, wurde aber stets wieder abgewiesen.

Es würde merkwürdig sein, gleich mit Nele Tessjes Haus in Stufhusen zu betreten. Alles war sicherlich noch an seinem Platz, so wie die Hausherrin es am gestrigen Abend verlassen hatte. Emilia würde sich wie ein Eindringling vorkommen oder erwarten, dass die Freundin jeden Moment mit einer Kanne Tee den Raum betrat. Wie ging Nele wohl mit dieser Situation um? Nach wie vor konnte sich die Schriftstellerin die junge Frau kaum als Mörderin ihrer Mutter vorstellen. Täuschte sie sich? Emilia konnte nicht behaupten, Nele wirklich gut zu kennen. Wie sie Piet versprochen hatte, würde sie auf der Hut sein und sich weder von Tränenausbrüchen noch von Unschuldsbeteuerungen einwickeln lassen.

Als sie Tessjes Haus erreichte, war Nele bereits da. Ungeduldig kickte sie die Kieselsteinchen der Auffahrt vor sich her, scheinbar war sie nicht in der Lage, einfach stillzustehen oder allein hineinzugehen. Während Emilia ausstieg, stürzte Nele sofort auf sie zu.

„Endlich!“, rief sie statt einer Begrüßung.

„Moin Nele!“, antwortete Emilia lächelnd. „Es gab einen unerwarteten Stau auf der 202. Schneller ging es nicht.“

„Moin! Entschuldige, ich bin ganz konfus. Das sollte kein Vorwurf sein.“ Nele streckte ihr die Hand hin. „Vielen Dank für dein promptes Kommen. Alleine stehe ich das nicht durch.“

Das ungeschminkte Gesicht und der hohe Pferdeschwanz ließen sie nicht nur jünger, sondern außerdem verletzlich aussehen.

„Jetzt bin ich ja da. Wollen wir ins Haus gehen?“, fragte Emilia nachsichtig.

„Ja, natürlich.“ Sie kramte in einer voluminösen Handtasche nach dem Schlüssel, wirkte dabei fahrig.

Emilia ließ ihren Blick durch den Garten wandern. Wie immer sah er gepflegt aus. Auch wenn Tessje die laufende Arbeit in den letzten Jahren durch einen Gärtner verrichten ließ, war sie immerhin gestalterisch tätig gewesen. Im Gegensatz zu Emilia hatte die Freundin auch gerne in der Erde gewühlt und diese Tätigkeit als entspannend empfunden. Umgeben von den typischen Heckenrosen stand das imposante Haus inmitten eines farbenfrohen Blütenmeers, in dem Bienen summten und Schmetterlinge tanzten. Kaum zu glauben, dass nur wenige hundert Meter entfernt ein derartig brutaler Mord geschehen war!

Nele öffnete die Tür und Emilia riss sich mit leichter Wehmut von der herrlichen Kulisse los. Wie viel schöner wäre es, jetzt zusammen mit Tessje und Nele auf der rückwärtigen Terrasse einen starken Tee zu trinken und über die alten Zeiten zu plaudern. Das Bedauern über eine verpasste Chance beeinträchtigte für einen Augenblick die Stimmung der Krimiautorin.

„Kommst du mit?“, fragte Nele im gleichen Moment. „Allein mag ich das Haus nicht betreten. Irgendwie kommt es mir falsch vor.“

„Geht mir genauso“, antwortete Emilia. Tessjes Sachen zu durchstöbern, widerstrebte ihr komplett. Also folgte sie ihrem Gefühl. „Was hältst du davon, wenn ich uns einen Tee koche und wir uns erst mal ein wenig unterhalten. Das Wetter ist herrlich und deine Mutter hat hier wirklich ein kleines Paradies geschaffen. Wollen wir uns draußen hinsetzen und du erzählst mir, was genau passiert ist? Gestern warst du sehr aufgeregt.“

„Ja, gerne.“ Nele schien erleichtert. „Ich hole mal die Kissen für die Terrassenstühle. Oder soll ich dir in der Küche helfen?“

„Das schaffe ich allein. Auch wenn es schwer ist, versuch dich ein wenig zu entspannen. Ich bin jetzt an deiner Seite.“

„Mich drückt deswegen ein schlechtes Gewissen. Du hast bestimmt überhaupt keine Zeit, um für mich den Babysitter zu spielen“, bemerkte Nele.

„Da mach dir mal keine Sorgen!“

„Ja, aber musst du nicht dein nächstes Manuskript fertigstellen? Ich bin ein großer Fan deiner Krimis.“ Verlegen schaute Nele zu Boden und errötete dabei ein wenig.

„Tatsächlich? Das freut mich aber“, versuchte Emilia sie aufzulockern. „Es ist wirklich kein Problem. Piet übernimmt das Schreiben. Ich nehme mir gerne Zeit, um dich zu unterstützen.“

„Meinst du, wir finden den Mörder?“, fragte Nele mit neuer Energie, die Emilia zum Lachen brachte.

„So weit habe ich ehrlich gesagt noch nicht gedacht.“

Der Gedanke gefiel ihr dann aber spontan und löste ein Kribbeln in der Magengegend aus. Am Schreibtisch sitzen und sich Geschichten auszudenken, war ein ganz anderes Kaliber, als wirklich einen Täter aufzuspüren.

„Das wäre großartig, oder?“ Neles Augen glänzten. „Darüber könntest du sogar deinen nächsten Krimi schreiben, ein authentischer Fall!“

„Immer langsam. Jetzt befassen wir uns mit deiner Situation. Gestern warst du am Boden zerstört und hast behauptet, die Polizei würde dich des Mordes an deiner Mutter verdächtigen.“

Ein Schatten zog über Neles Gesicht. „Ja, das stimmt. Für einen Moment habe ich das glatt vergessen. Wie dumm von mir. Die ganze Angelegenheit nimmt mich dermaßen mit, ich habe wirklich Angst, mich daneben zu benehmen.“

„Okay, trinken wir den Tee. Dabei erzählst du mir von Tessje, eurem Verhältnis und dem Gespräch mit den Kommissaren. Ich habe deine Mutter in letzter Zeit kaum gesehen. Informationen, wie es ihr ging und wie sie ihre Tage gefüllt hat, sind also ebenfalls hilfreich.“ Emilia schaltete in den Ermittlermodus. Jetzt ging es darum, möglichst viele Fakten zu sammeln, um überhaupt ein Bild von der Ausgangssituation zu bekommen.

Nele nickte. Dabei verschloss sich ihre Miene, was die Schriftstellerin merkwürdig fand. Schließlich konnte sie der jungen Frau lediglich helfen, wenn diese ehrlich zu ihr war. Hatte Piet etwa recht? Emilia beschloss, sich langsam vorzutasten.

„Erzähl mir von deiner Mutter“, forderte sie Nele auf, nachdem sie auf der Terrasse Platz genommen hatten. Die Vormittagssonne bescherte ihnen eine angenehme Temperatur. Die heißen Monate dieses Sommers waren glücklicherweise vorbei.

„Was willst du wissen?“, fragte Nele vorsichtig. „Darf ich dich Emily nennen?“, lenkte sie kurz darauf vom Thema ab. „Ich finde den Namen wunderschön. Außerdem klingt er modern, stark und tough."

„Und das gibt dir das Gefühl, die richtige Frau an deiner Seite zu haben? Anders als bei Emilia?", ließ diese sich auf das Geplänkel ein. Wenn Nele dadurch lockerer wurde, sollte es ihr recht sein. Sie selbst mochte den Namen ebenfalls – aus genau den gleichen Gründen.

„Ja, das klingt dumm, oder?"

„Ach was. Natürlich darfst du mich Emily nennen. Aber lass uns über Tessje schnacken. Wie hat sie in den letzten Jahren gelebt; nach dem Tod deines Vaters und schließlich nach der Diagnose?"

„Du wusstest davon?"

„Ja. Zwei, drei Mal im Jahr habe ich versucht, Kontakt zu ihr aufzunehmen. Ab und zu war sie sogar zu einem Treffen bereit. Kurz nachdem sie von ihrer Krebserkrankung erfuhr, haben wir uns zum letzten Mal gesehen. Sie schien mir verbittert. Den Verlust ihres geliebten Ehemannes hatte sie nicht verwunden. Außerdem haderte sie mit ihrem Schicksal, nun wieder so schwer getroffen zu sein, oder?" Emilia versuchte auf diesem Weg, mehr von Nele zu erfahren.

„Ja. Sie durchlebte etliche Phasen. Sie hat geweint, getobt, geschrien. Ich habe sie so gut wie möglich unterstützt, aber manchmal hat mich das alles an meine Grenzen gebracht. Neben meinem Vollzeitjob ihre Launen und ihre Ungerechtigkeit zu ertragen, war nicht gerade ein Zuckerschlecken", gab Nele erstaunlich offen zu.

„Du warst aber trotzdem für sie da. Warum hast du den Kontakt nicht abgebrochen, wenn es so schwierig war?"

„Weil sie meine Mutter war! Und ich sie verstehen konnte. Sie hat meinen Vater über alles geliebt und er war ein wirklich guter Ehemann. Die beiden haben einfach perfekt zusammengepasst, nicht nur beruflich, sondern auch privat. Ihn durch einen Verkehrsunfall zu verlieren, das kam ihr wie Verschwendung vor. Sie war danach nicht mehr dieselbe und hat sich von den meisten Menschen zurückgezogen. Also nicht nur von dir.“ Nele schenkte ihr ein zaghaftes Lächeln.

„Hat sie weitergearbeitet?“, fragte Emilia. Darüber hatte Tessje nie mit ihr sprechen wollen.

„Nein. Gleich nach Papas Tod hat sie alle Projekte abgegeben.“

„Und die Firma verkauft?“

„Das wollte sie erst, hat sich aber nach reiflicher Überlegung dagegen entschieden. Direkt nach dem schlimmen Unfall war sie dazu gar nicht in der Lage. Als sie schließlich etwas kräftiger wurde, hat sie gesehen, wie gut das Unternehmen unter der Leitung des Geschäftsführers weiter funktionierte. Also hat sie es einfach laufen lassen. Ab und zu ist sie mit dem Steuerberater die Zahlen durchgegangen, aber aus dem operativen Geschäft hat sie sich komplett herausgehalten. Ihr Auskommen war so oder so gesichert.“

Ein leicht verkniffener Zug umspielte Neles Mund, den Emilia sofort zum Anlass nahm, an dieser Stelle nachzuhaken.

„Tessje hat also monatlich eine größere Summe erhalten, mit der sie ihren Lebensunterhalt bestritt.“

„Ja, obwohl sie auch ohne diese Zahlungen keine finanziellen Probleme gehabt hätte. Selbst wenn sie richtig alt geworden wäre, hätte ihr Vermögen ausgereicht.“

Es schien ein wunder Punkt zu sein. Ganz offensichtlich hatte Tessje sie zu Lebzeiten nicht daran beteiligt.

„Trotzdem hat sie es für sich allein beansprucht und dir nichts abgegeben, obwohl du für sie da gewesen bist“, sprach Emilia ihre Überlegungen laut aus, was Nele unwillkürlich beschämte.

„Das klingt jetzt irgendwie raffgierig, oder?“, fragte sie schließlich.

„Nein, das finde ich nicht“, beruhigte die Schriftstellerin ihr Gegenüber.

Nele warf ihr einen prüfenden Blick zu. „Nicht? Meinst du das ehrlich?“

„Wenn sie mehr als genug hatte ...“ Emilia zuckte die Schultern. „Damit geht wohl jeder anders um. Aber dich hat es verletzt?“

„Was heißt schon verletzt. Nach meiner Trennung konnte ich meinen Lebensstandard nicht halten. Du weißt ja, wie teuer die Immobilen hier auf Eiderstedt sind und man kriegt kaum etwas Vernünftiges zum festen Wohnen. Natürlich hätte ich mich über eine Finanzspritze gefreut, aber das hat Mama nicht eingesehen. Nach ihrer Diagnose wurde es noch schlimmer. Ich glaube, sie war eifersüchtig auf meine Gesundheit, vielleicht sogar auf mein junges Alter. Das klingt zwar absurd, aber sie wurde in den letzten Monaten immer biestiger. Vielleicht hat die Erkenntnis, sich mit ihrem ganzen Geld das Wichtigste im Leben nicht kaufen zu können, sie so werden lassen.“ Nele lehnte sich erschöpft zurück.

„Ein merkwürdiger Grund, der einzigen Tochter die Unterstützung zu verwehren. Hast du sie um Hilfe gebeten?“

„Ja, mehrfach.“ Wieder errötete die junge Frau. „Genau genommen schäme ich mich deswegen. Mit achtundzwanzig sollte man in der Lage sein, selbst genug zu verdienen, aber mir gelingt das irgendwie nicht.“

Emilia dachte an den neuen Flitzer, der in der Auffahrt stand, verkniff sich aber eine entsprechende Erwiderung. Gerade hatte Nele sich geöffnet, da wollte sie den Redefluss nicht mit einer bissigen Bemerkung im Keim ersticken.

„Wie habt Ihr euch denn sonst verstanden? Oder hat dieses Thema euer Verhältnis nachhaltig belastet?", fragte sie weiter.

„Nein, so schlimm war es nun auch wieder nicht. Ich habe mich letzten Endes damit abgefunden. Immerhin war sie eine kranke Frau. Sich ständig zu streiten, hätte zu nichts geführt und am Ende wäre ich damit nicht glücklich geworden." Neles Stimme war leise geworden. „Ihre Prognose war schlecht, aber der Tod kam jetzt plötzlich. Mir fehlt das Gefühl, mich richtig verabschiedet zu haben."

In Emilias Ohren klang die Aussage etwas dramatisch. Wollte Nele dadurch besser dastehen? Ihre finanziellen Probleme gehörten mit Tessjes Tod endgültig der Vergangenheit an oder wirkte die Boshaftigkeit der Freundin über ihren Tod hinaus? Auf jeden Fall sollte sie sich über den Nachlass informieren. Gab es ein Testament oder griff die gesetzliche Erbfolge?

Insgesamt überzeugte Neles Verhalten Emilia nicht von deren Unschuld. Stand die junge Frau lediglich unter Schock oder hatte sie etwas mit dem plötzlichen Ableben von Tessje zu tun? Die Brutalität der Tat sprach eigentlich dagegen. Überhaupt wies die Todesursache eher auf einen männlichen Täter hin. Oder war das Mutter-Tochter-Verhältnis derart von Demütigung und Hass geprägt gewesen, dass es sich in dieser schrecklichen Tat entladen hatte? Gab es viel mehr, als jetzt für Emilia sichtbar war?

Gleichzeitig konnte es das perfekte Ablenkungsmanöver sein. Jeder würde erst an einen Außenstehenden denken, zumal Nele ja Zugang zum Haus ihrer Mutter hatte. Wie leicht hätte sie sie mit einer Überdosierung ihrer Medikamente ins Jenseits befördern können?

„Wo bist du eigentlich gestern Abend gewesen?“ Emilia stellte die Frage so beiläufig wie möglich, aber Nele war nicht dumm. Entsetzt riss sie die Augen auf und starrte die Schriftstellerin an.

„Glaubst du etwa auch, dass ich mit dem Mord an Mama etwas zu tun habe?“ Ihre Stimme klang schrill.

„Ich kann es mir nicht vorstellen, aber die Polizei wird diese Frage an dich richten“, antwortete Emilia ruhig.

„Das hat sie schon“, musste Nele zugeben. Nervös zupfte sie an einem Zipfel der Tischdecke.

„Und? Was hast du ihnen geantwortet?“

„Ich war zu Hause. Allein. Dafür gibt es naturgemäß keine Zeugen. Ich war echt groggy gestern Abend. Es ist im Moment anstrengend bei der Arbeit. Die Überstunden machen mir zu schaffen. Ich bin vor dem Fernseher eingeschlafen – und mitten in der Nacht aufgewacht. Klingt nicht gut, ich weiß.“ Nele war wieder leiser geworden.

„Hhm.“

„Emily, warum hätte ich sie umbringen sollen? Das ergibt überhaupt keinen Sinn!“ Der Blick aus den blauen Augen wurde intensiver, zeigte aber gleichzeitig ihre Unsicherheit.

„Soll ich ehrlich sein?“, fragte Emilia vorsichtig.

„Natürlich!“ Nele versuchte sich selbstsicher zu geben, wirkte aber ängstlich. Hatte sie wirklich etwas zu verbergen oder einfach nur die Befürchtung, diesen Albtraum nicht alleine durchzustehen?

„Wir haben gerade über deine finanzielle Misere gesprochen. Wie es aussieht, löst Tessjes Tod dieses Problem." Bewusst provozierte sie mit ihrer Aussage. Wie würde Nele darauf reagieren?

„Ja, das passt wunderbar zusammen", murmelte diese. Dann straffte sie sich. „Emily, um sie zu beerben, hätte ich nur warten müssen. Vermutlich hatte Mama nur noch wenige Monate zu leben. Warum sollte ich meine Freiheit mit einem Mord riskieren, wenn ich die baldige Erbin eines Millionenvermögens bin?"

„Wirklich Millionen?", hakte Emilia nach, was Nele kurz aus dem Konzept brachte.

„Das ist doch jetzt nicht wichtig! Die zentrale Frage lautet: Warum sollte ich ein unnötiges Risiko eingehen?", wiederholte sie schließlich.

„Sag du es mir!", forderte Emilia sie heraus.

„Was soll das eigentlich? Ich dachte, du bist auf meiner Seite und willst mir helfen!" Sie schien zwischen Wut und Enttäuschung zu schwanken.

„Ja, das bin ich, aber die Polizei wird dich genau mit dieser Fragestellung konfrontieren. Wie lief das gestern ab? Du hast mir am Telefon gesagt, sie würden dich verdächtigen. Erzähl mir von dem Gespräch." Emilia wechselte bewusst das Thema, nahm sich aber vor, den Nachlassverwalter ihrer Freundin ausfindig zu machen. Auch wenn sie keinen Einblick in das Testament nehmen konnte, bestand immerhin die Möglichkeit, etwas Wichtiges von ihm zu erfahren.

Nele holte einmal tief Luft, bevor sie die Begegnung mit den Kommissaren zusammenfasste.

„Das war alles? Sie haben dich lediglich gefragt, wo du gewesen bist?", fragte Emilia perplex.

„Ja."

„Aber das ist Routine. Sie müssen dich das fragen."

„Ja, das hat der Kommissar auch gesagt, aber du hättest mal seinen Blick sehen sollen. Er hätte mich am liebsten gleich verhaftet", verteidigte sich Nele.

„Und wie ging es dann weiter?"

„Ich bin abgehauen", gab die junge Frau trotzig zur Antwort.

„Du bist was?"

„Ich bin abgehauen", wiederholte Nele. „Einfach weg. Ich habe wirklich genug Probleme. Es war eine schwere Zeit mit Mamas Erkrankung und all dem. Das lasse ich nicht mit mir machen!" Sie zog so heftig an der Tischdecke, dass die Tassen auf den Untertellern schepperten. „Und wenn du mich jetzt ebenfalls nur fertigmachen willst, kannst du gleich wieder gehen! Ich habe es satt, ständig unterdrückt zu werden!" Ihre Stimme überschlug sich.

Mit einem derartigen Ausbruch hatte Emilia nicht gerechnet. Einen Moment lang wusste sie nicht, wie sie darauf reagieren sollte, entschied sich schließlich für vermittelnde Worte.

„Nele!" Beruhigend legte sie ihr die Hand auf den Arm. „Du weißt genau, dass ich deshalb nicht hergekommen bin. Ich möchte dir helfen, aus diesem Schlamassel herauszukommen. Eins musst du mir aber versprechen."

Nele beruhigte sich etwas, blieb aber misstrauisch. „Und das wäre?"

„Du musst auf jeden Fall ehrlich zu mir sein."

„Das bin ich doch!"

Emilia ließ die Aussage unbeantwortet im Raum stehen. Noch war sie sich nicht sicher, ob Nele wirklich so hilflos war, wie sie vorgab. Vielleicht band sie sie in ihr perfides

Spiel ein, um unbeschadet aus dem Drama herauszukommen. Sie musste weiter auf der Hut sein.

„Außerdem ist es wichtig, meine Gedanken zuzulassen und darauf nicht jedes Mal beleidigt oder wütend zu reagieren. Wenn wir dich entlasten wollen, brauche ich alle Fakten. Ich werde vermutlich ähnliche Überlegungen wie die Polizei anstellen. Es hilft dabei nicht, wenn du mich anschreist und mir unterstellst, ich würde dich fertigmachen."

„Entschuldige", flüsterte Nele kleinlaut. „Ich habe wirklich Angst. Was sollen wir denn jetzt tun? Glaubst du, dass mein Weglaufen den Verdacht der Polizei weiter verstärkt hat?"

„Bestimmt war es nicht die klügste Aktion", ließ Emilia sich besänftigen. „Da gibt es eigentlich nur eine Möglichkeit, um das wieder gutzumachen."

„Ja?", fragte Nele hoffnungsvoll.

„Wir fahren nach Husum und setzen das Gespräch mit den Kommissaren fort", schlug Emilia vor.

„Das schaffe ich nicht!", wehrte Nele ab.

„Ich fürchte, du wirst ohnehin nicht drumherum kommen. Es ist aber von Vorteil, selbst die Initiative zu ergreifen. Außerdem kann ich dich begleiten. Die Polizei wird dich so oder so erneut befragen. Wenn du jetzt in Deckung gehst, bestimmen sie den Zeitpunkt und erwischen dich im Zweifel alleine. Es ist nur ein Angebot", fügte Emilia hinzu, als sie Neles skeptischen Blick sah.

„Du hast ja recht", gab diese schließlich zögernd zu. „Ich wünschte, dieser Albtraum wäre schon vorbei."

Mats in Husum

Donnerstag, den 15. September

Seit Mats Sommerfeld vor einem halben Jahr seinen Dienst in Husum angetreten hatte, fühlte er sich einfach großartig. Auch wenn es die meisten Menschen seines Alters in die Großstadt zog, war es für den 26-Jährigen nur ein notwendiges Übel gewesen, um seine Traumausbildung zu absolvieren. Schon während des dualen Studiums zum Kriminalkommissar hatte er den Entschluss gefasst, sich danach direkt auf eine Stelle an der Küste zu bewerben. Schon immer hatte er das Landleben geliebt. Am liebsten hielt er sich draußen auf, vorzugsweise auf dem

Wasser. Dabei gab es keine Sportart, die er noch nicht ausprobiert hatte. Insbesondere das Kitesurfen hatte es ihm angetan, und wo war das spannender als auf der tosenden Nordsee?!

Es gab allerdings einen weiteren Grund, warum Mats sich für eine Laufbahn fern hoher Kriminalitätsraten der Metropolen entschieden hatte. Bei aller Begeisterung für den Job war ihm seine Freizeit wichtiger als eine großartige Karriere. *Arbeiten, um zu leben* war sein erklärtes Motto. Daraus folgte eine einfache Rechnung: In der Großstadt waren der Wettbewerb um die besten Jobs größer und die Hierarchien ausgeprägter.

Darauf hatte Mats überhaupt keine Lust. Lieber fing er auf dem Land in einer kleinen Polizeistation an, wo er aufgrund seiner Ausbildung automatisch anerkannt war. Bestimmt konnte er dort direkt an interessanten Fällen mitarbeiten, ohne sich über Handlangeraufgaben jahrelang hochbuckeln zu müssen. Mit dieser Vorstellung war er in Husum eingetroffen, ohne seinen dortigen Partner im Vorwege kennengelernt zu haben, da seine Einstellung über Kiel gelaufen war.

Das erste Zusammentreffen mit seinem im Dienstgrad höheren Kollegen war ein leichter Schock gewesen. Volker Grimm war das genaue Gegenteil von Mats. Seine trockene, humorlose Art ließ ihn locker zehn Jahre älter als Anfang fünfzig erscheinen.

Doch das war nicht das Schlimmste. Schließlich wollte sich Mats bei der Arbeit nicht in erster Linie vergnügen, auch wenn ein wenig Humor vieles erleichterte, gerade in der ersten Teambildungsphase, wie es so schön hieß.

Volker Grimm schien jedoch von dem jugendlichen Zuwachs wenig begeistert zu sein. Alles, was neu und modern war, lehnte er ab. Statt sich zu freuen, endlich die freie Stelle besetzt zu bekommen, begegnete er Mats mit unverhohlener Skepsis. Na ja, freuen war im Zusammenhang mit dem alten Griesgram sowieso ein zu fröhliches Wort. Aber immerhin hatte der junge Kommissar Erleichterung über die Verstärkung und ein wenig mehr Offenheit erwartet. Von spontaner Akzeptanz mal ganz zu schweigen! Die musste er sich hart erkämpfen.

Nachdem er die erste Irritation überwunden hatte, nahm Mats die Herausforderung an. Er war am Ziel seiner Träume und würde sich weder die Laune noch den ergatterten Job vermiesen lassen. Seine Ausbildung hatte er mit Bravour bestanden. Es gab also überhaupt keine Zweifel, auch in der Praxis eine entsprechend gute Leistung zu bringen. Wenn es dazu gehörte, seinen neuen Kollegen von seinem Können zu überzeugen, würde er sich davon nicht unterkriegen lassen. Im Gegenteil. Und wenn er die harte Nuss erst geknackt hatte, würden sich die beiden bestimmt perfekt ergänzen.

Warum sich also Sorgen machen? Beide mussten sich erst an den Charakter des anderen gewöhnen und bestimmt konnte er von Grimm etwas lernen. Immerhin blickte der altgediente Kommissar auf viel Erfahrung zurück. Mats wollte sich diese zunutze zu machen. Und überhaupt war das Leben mit einer optimistischen Einstellung wesentlich leichter!

Dabei hatte er es als Vorteil angesehen, anfangs lediglich mit kleineren Delikten, statt ständig mit Mord und Totschlag konfrontiert zu werden. Den Kick suchte er sich in seiner Freizeit, wenn er bei nordischem Schietwetter mit dem Kite über die Wellen raste oder waghalsige Sprünge vollführte.

Mittlerweile wusste er ganz gut, wie sein Kollege tickte, was ihn für die Aufklärung des Mordfalles wappnete. Das hoffte er zumindest.

Trotzdem war er erschrocken, wie wenig Empathie Volker Grimm der Tochter des Mordopfers entgegenbrachte. Fast wirkte es so, als wollte er sie vorverurteilen, um den Fall schnell vom Tisch zu bekommen und in seine gemütliche Routine der Bagatellbearbeitung zurückzukehren.

Mats dagegen war fest entschlossen, äußerst gründlich zu ermitteln! Immerhin war dies das erste Kapitalverbrechen, an dessen Aufklärung er maßgeblich beteiligt war und er wollte seine Sache gut machen!

Würde da ein Kampf gegen den Kollegen auf ihn zukommen oder täuschte er sich? Immerhin konnte er verstehen, dass Nele Carstensen den Raum am Vortag fluchtartig verlassen hatte, auch wenn es kein gutes Licht auf sie warf. Grimm war in seinen Augen eindeutig zu hart mit ihr umgegangen. Einer nahen Angehörigen nicht einmal eine Stunde Zeit zu geben, die Nachricht eines so brutalen Mordes zu verdauen, hatte Mats nicht gerade als fair empfunden. Selbst, wenn die Täter oft aus dem nächsten Umfeld kamen, tastete sich ein professioneller Ermittler langsam heran. Fakten sammeln, analysieren und dann Schlüsse ziehen. Solange konnte man freundlich und einfühlsam auftreten – aber das schien der Kollege anders zu sehen.

Es versprach interessant zu werden!

Den Vormittag nutzten die beiden Kommissare, um die Details des Tatortes zu besprechen und die ersten mageren Ergebnisse der Spurensicherung zu sichten.

„Das bringt uns überhaupt nicht weiter“, fasste Grimm unzufrieden zusammen. „Die Tatwaffe ist verschwunden. Der Bereich um den Fundort der Leiche wurde weiträumig abgesucht, ohne etwas zu Tage zu fördern. Hätte mich auch gewundert. Darüber hinaus gibt es kaum verwertbare Spuren. Ein paar Zigarettenkippen und sonstiger Müll, den bestimmt die Touristen in die Landschaft geschmissen haben. Dort in der Deichstraße ist nicht viel los, aber die Nähe zum Leuchtturm Westerhever gibt der Einöde natürlich trotzdem eine gewisse Attraktivität", dozierte er, als würde Mats die Gegend überhaupt nicht kennen.

Dieser nickte lediglich gelassen. „Tja, dann müssen wir die Obduktion abwarten. Wie lange dauert es üblicherweise?"

Fragen stimmten Grimm grundsätzlich milde. Er schien es zu genießen, dem Jüngeren sein Wissen weiterzugeben. Vielleicht fühlte er sich dadurch ein wenig überlegen, oder zumindest nicht unterlegen. Dass er im Gegensatz zu dem neuen Kollegen nicht mit einem Studium aufwarten konnte, schien ihn zu wurmen.

„Wenn nicht viel los ist, haben wir mit Glück morgen den ersten Bericht. Oder in den nächsten Tagen. Auf jeden Fall sollten wir die Befragung der Tochter fortsetzen."

Das war die Vorlage, auf die Mats gewartet hatte. „Glauben Sie ernsthaft, sie hat ihre Mutter so grausam ermordet?"

„Das kann man zu diesem Zeitpunkt natürlich nicht wissen", ruderte Grimm ein wenig zurück. „Vielleicht handelt es sich einfach um einen Zufallstäter, der das Opfer ausrauben wollte. Es ist bislang nicht geklärt, ob sie etwas von Wert bei sich führte, als sie auf ihren Mörder traf."

„Bei ihr gefunden wurde überhaupt nichts, nicht einmal ein Schlüssel", fügte Mats hinzu.

„Ja, das heißt in der einsamen Gegend nicht viel. Vielleicht hat sie ihre Tür einfach unverschlossen gelassen –

oder den Schlüssel unter einem Stein neben der Tür deponiert. Wir brauchen wesentlich mehr Informationen von dem Umfeld der Toten, die Nele Carstensen uns bestimmt geben kann. Dabei behalten wir sie im Auge. Wird sich schon zeigen, ob sie ihre Mutter auf dem Gewissen hat."

Diese Aussage erleichterte Mats. Wie es aussah, kannte er seinen Kollegen noch nicht so gut, wie er gedacht hatte – oder Volker Grimm war facettenreicher, als er sich gab.

Bei allen Unterschieden zeigten sich beide Kommissare überrascht, als am frühen Nachmittag Nele Carstensen in Begleitung einer Frau auf dem Revier erschien.

„Frau Carstensen! Moin! Ich freue mich, dass Sie das Gespräch wieder mit uns aufnehmen wollen", begrüßte Mats die Besucherin erfreut. Nach wie vor schien es ihm eher unwahrscheinlich, in der Tochter die Täterin für diesen gewalttätigen Mord zu entlarven. „Und Sie haben Verstärkung mitgebracht."

„Moin, mein Name ist ..."

„Emily Anderson! Na, das ist ja eine Überraschung! Was führt Sie denn zu uns?", begeisterte sich der junge Kommissar, als er seine Lieblingsautorin erkannte.

Die Schriftstellerin lächelte. So einen Empfang schien sie nicht erwartet zu haben. „Ich war eine Freundin von Tessje Carstensen. Vielleicht kann ich etwas beisteuern, was zur Aufklärung des Mordes führt", antwortete sie schlicht.

„Wow! Mit so hohem Besuch haben wir nicht gerechnet." Mats kam nicht umhin seine Freude zu zeigen. Aus den Augenwinkeln sah er, wie Grimm seine Stirn in Falten legte. „Ich bin ein großer Fan Ihrer Kriminalromane. Würden Sie mir Ihr aktuelles Buch signieren? Ich habe es zufällig dabei!"

„Natürlich, das mache ich gerne."

Erstaunlicherweise hielt sich Grimm zurück. Nachdem Mats seine Bewunderung kundgetan hatte, versuchte er sich wieder auf den eigentlichen Anlass des Besuches der beiden Frauen zu konzentrieren. Ihm wurde bewusst, dass der Kollege nicht wie üblich seinen Unmut zeigte, wenn ihm etwas nicht in den Kram passte. Vielleicht sah er in dem Auftauchen einer alten Freundin des Opfers eine Chance, an wichtige Fakten zu kommen.

„Ach, ich hole eben das Buch, damit wir es am Ende nicht vergessen. Danach können wir über den Mordfall schnacken. Wollen Sie eine Aussage machen?" Mats fühlte sich zwischen der Freude über das Auftauchen von Emily Anderson und dem Ernst der Lage hin- und hergerissen. Wann traf man schon auf eine so bekannte Persönlichkeit?

„Sicherlich haben Sie weitere Fragen an Nele. Sie hat ihren akuten Schock über den abrupten Tod ihrer Mutter überwunden und möchte sich in aller Form für ihr fluchtartiges Verlassen des gestrigen Gesprächs entschuldigen. Frau Carstensen fühlte sich mit der Situation komplett überfordert, will jetzt aber gerne kooperieren", antwortete Emily Anderson eloquent.

Es war unübersehbar, wie gut sie mit Worten umgehen konnte.

Offensichtlich war sie als seelische Stütze mitgekommen. Trotzdem bestand die Möglichkeit, darüber hinaus etwas von ihr zu erfahren, was die Ermittlung voranbrachte.

„Das freut uns zu hören", schaltete sich Volker Grimm in das Gespräch ein. „Wir benötigen Informationen über die Gewohnheiten und das Umfeld von Tessje Carstensen. Mit wem hatte sie regelmäßig Kontakt, wo gab es Konflikte?

Heißt also, wer hat ihr nach dem Leben getrachtet und warum?“

„Das wollten Sie ja gestern schon wissen“, übernahm Nele Carstensen selbst das Antworten. „Insgesamt pflegte sie wenige Kontakte. Von den meisten ihrer Freunde hatte sie sich bereits nach dem Tod meines Vaters zurückgezogen. Seit ihrer Diagnose konnte sie andere Menschen kaum noch in ihrer Nähe ertragen.“

„Warum nicht? Brauchte sie keine Hilfe für die alltäglichen Verrichtungen?“, hakte Grimm nach.

„Genau das war ein Problem. Sie hasste es, auf Unterstützung angewiesen zu sein. Sie hasste es außerdem, krank und schwach auszusehen. Niemand sollte ihren Verfall miterleben. Das klingt vielleicht etwas widersinnig, aber so war meine Mutter.“

„Sie sagten gestern, sie wurde von einem Pflegedienst betreut.“

„Das ist richtig. Die kamen morgens und abends. In den Phasen, in denen es ihr richtig schlecht ging, manchmal zusätzlich am Mittag, um Spritzen zu geben und sowas.“

„Gab es außerdem Personal?“, fragte Grimm weiter.

„Ja, meine Mutter hatte eine Reinigungskraft, die nach und nach weitere Aufgaben übernahm, seit die Krankheit ihren Zustand verschlechterte. Zum Beispiel wurde sie bekocht. Mama mochte keine Fertiggerichte“, führte Nele Carstensen weiter aus.

Es schien ihr Selbstsicherheit zu geben, nicht selbst im Fokus der Betrachtung zu stehen. Heute war sie wesentlich entspannter als am Vortag. Vermutlich wirkte sich die Begleitung von Emily Anderson ebenfalls positiv aus. Interessant, dass diese sich die Zeit nahm, an der Besprechung teilzunehmen. Oder handelte es sich um eine Recherche?

Die Idee war Mats ganz spontan gekommen, ließ ihn aber nicht mehr los. Würden sie bald die Protagonisten eines Kriminalfalles der angesehenen Schriftstellerin werden? Das wäre allerdings aufregend!

Bevor seine Gedanken weiter abschweifen konnten, riss er sich zusammen, um von der Befragung nichts zu verpassen. Auf keinen Fall wollte er den Unmut seines Kollegen auf sich ziehen.

„Wir brauchen die Namen und Kontaktdaten“, forderte Grimm im gleichen Moment. „Gab es sonst jemanden?“

„Einen Gärtner“, antwortete Nele Carstensen.

„Das kostet alles eine Menge Geld, verfügte Ihre Mutter über ausreichende Mittel?“

„Ja. Mein Vater war der Bauunternehmer Jens Carstensen. Vielleicht haben Sie von ihm gehört. Seine Firma existiert nach wie vor und erwirtschaftet hohe Gewinne.“

„Und all das erben jetzt Sie“, stellte Grimm fest, wobei er sie mit einem durchdringenden Blick bedachte.

Nele Carstensen versuchte dem standzuhalten, wich aber schließlich aus und wandte sich hilfesuchend an ihre Begleiterin. Emily Anderson schaltete sich sofort in das Gespräch ein.

„Besteht ein konkreter Verdacht gegen Nele?“

„Nein“, musste Grimm zugeben.

„Das dachte ich mir. Ich möchte Sie bitten, eine derartige Einschüchterung zu unterlassen. Die Tatsache, dass Nele vermutlich das Vermögen von Tessje Carstensen erben wird, ist kein Grund, sie des Mordes zu bezichtigen“, verstärkte sie ihre Aussage. „Wir kooperieren gerne mit Ihnen, fordern Sie jedoch auf, sich an die Fakten zu halten und sich nicht zu einer Vorverurteilung hinreißen zu lassen, weil es vielleicht bequem ist.“

Mats hielt den Atem an. Emily Anderson nahm wirklich kein Blatt vor den Mund. Wie würde Volker Grimm auf so viel Frauenpower reagieren? Wenn der junge Kommissar seinen Kollegen richtig einschätzte, gehörte das nicht gerade zu seinen Stärken.

Tatsächlich verschlug es dem gestandenen Kommissar spontan die Sprache. Sein Gesichtsausdruck versteinerte. Er war es nicht gewohnt, derartigen Gegenwind zu erhalten. Seine folgenden Worte presste er mühsam beherrscht heraus: „Es ist völlig überflüssig, von einer Vorverurteilung zu reden. Wir führen eine faire Ermittlung auf Basis der Beweise durch. Darüber hinaus hilft es Ihrem Schützling wenig, wenn Sie die Fronten zwischen uns verhärten."

Auf Mats wirkte diese Ansage wie ein angestrengter Versuch, sein Gesicht zu wahren. Emily Anderson schien es ähnlich zu empfinden. Sie ließ sich jedoch nicht aus der Reserve locken und nickte stattdessen lediglich.

„Ich wollte es einfach klarstellen. Jetzt können wir weitermachen", entgegnete sie gelassen und drückte Nele einmal kurz die Hand. „Was wollen Sie außerdem wissen?"

Mats verkniff sich ein Grinsen. Die Schriftstellerin ließ nicht nur die Hauptfiguren in ihren Romanen tough auftreten, sie selbst stand ihnen in puncto Selbstbewusstsein nichts nach.

Volker Grimm verzog das Gesicht, als hätte er in eine Zitrone gebissen. Es passte ihm ganz und gar nicht, dass Emily Anderson ihm nun die Gesprächsführung aus der Hand nahm.

„Gab es außer Ihnen Freunde, die das Mordopfer regelmäßig getroffen hat?", fragte er um Selbstbeherrschung bemüht.

„Das kann Nele Ihnen sicherlich beantworten. Vorher möchte ich allerdings zu Protokoll geben, Tessje in den vergangenen Jahren selbst kaum gesehen zu haben. Bereits nach dem Tod von Jens hat sie sich von mir zurückgezogen. Unser letztes Treffen fand kurz nach ihrer Diagnose statt. Das muss jetzt circa sechs Monate her sein."

Sie nahm für einen Moment Blickkontakt mit Nele Carstensen auf. Es schien Mats so, als würden die beiden Frauen sich ohne Worte verständigen. Kurz darauf schüttelte die Tochter des Opfers mit dem Kopf.

„Nein, da fällt mir spontan niemand ein. Wie gesagt, sie hat sehr zurückgezogen gelebt und höchstens mal mit der Nachbarin einen Kaffee getrunken oder über den Gartenzaun einen Plausch gehalten. Ich vermute, die umliegenden Anwohner werden sie ohnehin befragen."

„Ja, das werden wir", bestätigte Grimm. Die Unzufriedenheit über den Verlauf der Befragung war ihm anzusehen.

Auch Mats beschlich das Gefühl, Informationen vorenthalten zu bekommen, aber vielleicht war das Blödsinn. Emily Anderson wirkte integrer und geradlinig. Warum sollte sie Fakten zurückhalten, die die Ermittlung voranbringen konnten? Das ergab keinen Sinn.

„Gibt es Fotos von dem Tatort?", fragte die Schriftstellerin in das aufkommende Schweigen hinein.

„Ja, sicher!", bestätigte Grimm.

„Die würde ich mir gerne einmal anschauen." Das schien typisch für die selbstbewusste Frau zu sein. Sie fragte nicht, sie forderte.

„Warum?", schnauzte Grimm prompt.

In seinem Alter sollte er sich besser im Griff haben.

„Nur interessehalber“, antwortete Emily Anderson lapidar, fügte aber schließlich hinzu: „Nele hat mich darum gebeten. Sie möchte es gerne von mir bestätigt bekommen, dass es sich bei der Toten tatsächlich um ihre Mutter handelt.“

„Es ist nicht üblich, Angehörigen und ihren Begleitern unsere Tatortfotos zu zeigen“, intervenierte der Kommissar.

„Ja, das verstehe ich“, gab sich die Schriftstellerin weiter entspannt. „Dann muss ich eben nach Kiel fahren und mir den Leichnam in der Rechtsmedizin anschauen. Ich dachte, Sie könnten mir diesen Weg ersparen.“

„Lassen Sie sie doch einen Blick auf die Fotos werfen. Frau Anderson ist eine vertrauensvolle Person. Sie wird das Material ja nicht an die Presse weitergeben“, versuchte Mats, seinen Kollegen zu überzeugen und gleichzeitig seiner Lieblingsschriftstellerin einen Gefallen zu tun.

Wie erwartet reagierte Grimm ärgerlich. „Wir sind hier mitten in einer Mordermittlung und nicht bei einem Kaffeekränzchen. Diese Fotos sind nicht für die Öffentlichkeit gedacht. Das gilt auch für Sie“, wandte er sich direkt an die Fragende, wobei er seinen barschen Tonfall beibehielt.

„Gut“, antwortete diese ruhig. „Wenn Sie sonst keine Fragen haben, sind wir hier wohl fertig.“

„Frau Carstensen, wir würden uns gerne in dem Haus Ihrer Mutter umschauen. Erklären Sie sich damit einverstanden oder brauchen wir einen Durchsuchungsbeschluss?“, fragte Grimm wieder ruhiger.

Erneut wandte sich Nele Carstensen hilfesuchend an ihre Begleiterin.

„Spricht in deinen Augen etwas dagegen?“, fragte die Krimiautorin ganz offen.

„Nein, ich weiß nicht. Ist das denn üblich?“

„Es kann helfen, Tessjes Mörder zu finden.“

„Ich habe nichts dagegen“, antwortete Nele Carstensen schließlich. „Ich würde allerdings gerne dabei sein.“

„Das ist kein Problem.“ Grimm war offensichtlich erleichtert, hatte wohl mit Widerstand gerechnet.

„Kommen Sie morgen Nachmittag gegen vierzehn Uhr. Ich werde Ihnen den Zugang zum Haus ermöglichen“, zeigte sie sich selbstbewusster. „Dürfen wir jetzt gehen? Falls sich weitere Fragen ergeben, können Sie die ja dann stellen.“

Piet in Friedrichstadt

Donnerstag, den 15. September

Nach der ersten Überraschung, dass Emilia ihm das Schreiben des aktuellen Krimiprojektes überlassen wollte, freute sich Piet richtig darauf, einmal wieder federführend an einem Manuskript zu arbeiten. Wie üblich hatte er zusammen mit seiner Frau die Handlung durchgeplottet und ihren Schreibprozess begleitet, indem er allabendlich die neu entstandenen Kapitel lektorierte. Es war also überhaupt kein Problem zu übernehmen, zumal Emilia es bevorzugte, nach einem detaillierten Szenenplan zu arbeiten, den sie grundsätzlich gemeinsam erarbeiteten.

Ihr Schreibstil war seit jeher sehr ähnlich gewesen und hatte sich über die Jahre weiter angeglichen. Beide waren also Emily – entweder zusammen oder auch getrennt. Er war gespannt, wie viel seine bessere Hälfte bei der Überarbeitung seines Werkes ändern würde.

Trotz der Freude an der kreativen Aufgabe schweiften seine Gedanken immer wieder zu dem realen Mordfall ab, mit dem sich Emilia gerade befasste. Um den Roman ein gutes Stück voranzubringen und außerdem seine Frau am Ende des Tages nicht enttäuschen zu müssen, setzte er sich ein konkretes Wortziel. Wenn er das bis zur Mittagszeit erreichte, blieb ihm bis zu ihrer Rückkehr ausreichend Zeit, um im Internet über die Familie des Opfers zu recherchieren. Das war in der Regel ein guter Ausgangspunkt für eine Ermittlung. Da es sich in diesem Fall um wohlhabende Unternehmer handelte, gab es sicherlich im Netz reichlich Informationen, die eine befriedigende Basis für ihre Hobbyermittlung bilden konnten.

Motiviert schaffte Piet sein Pensum bis dreizehn Uhr. Das Essen ließ er ausfallen. Bestimmt würde sich Emilia freuen, wenn er ein paar Fakten zu dem Mord an ihrer Freundin beisteuerte. Zur Belohnung würden sie sich am Abend gemeinsam etwas kochen und die Mahlzeit auf der Terrasse ihres Stadthauses genießen.

Manchmal vermisste Piet einen großen Garten, aber Emilia war klar dagegen gewesen und hatte sich beim Immobilienkauf durchgesetzt – so wie sie es meistens tat, wenn sie mal unterschiedlicher Meinung waren. Aber immerhin gab es die herrliche Terrasse mit einem dahinterliegenden Grünstreifen, den er voller Hingabe pflegte.

Schneller als erwartet stieß er im Internet auf brisante Informationen über das glamouröse Unternehmerehepaar, dass Tessje und Jens Carstensen bis vor drei Jahren gewesen waren.

Ob es einen Zusammenhang mit dem aktuellen Mordfall gab? Er war gespannt, ob sich Emilia an die Vorfälle erinnerte. Sie verfügte über ein sagenhaftes Gedächtnis, das ihr beim Entwerfen ihrer Geschichten ebenfalls zugutekam.

Vorher hieß es aber: Grundlagen erarbeiten. Da es ohnehin sein Part war, für jeden Kriminalroman, der aus Emilys Feder floss, gründlich zu recherchieren, erledigte er diese Aufgabe ohne Mühe.

Tessje und Jens hatten sich einem Interview zufolge bereits im Studium kennengelernt, aber wieder aus den Augen verloren, als er im Anschluss die kleine Baufirma seines Vaters mit Sitz in Heide übernahm. Sie dagegen trat eine Stelle in New York an. Das Architekturstudium hatte ihr viel abverlangt und nun wollte sie an bedeutsamen Projekten mitarbeiten, statt auf dem platten Land zu versauern. Jens dagegen träumte von einem mächtigen Bauunternehmen, welches im Norden maßgeblich den Markt beherrschte und die meisten Ausschreibungen für sich gewann.

Als Tessje schließlich nach mehreren Jahren von Heimweh getrieben nach Deutschland zurückkehrte, engagierte Jens sie sofort. Auf ihre internationale Erfahrung zurückgreifen zu können, passte hundertprozentig zu seiner Vorstellung der aufstrebenden Firma. Aus der erfolgreichen Zusammenarbeit entwickelte sich schließlich das private Glück, welches von Neles Geburt gekrönt wurde.

Beide blieben trotz des großen Erfolgs bodenständig. Obwohl sie zahlreiche Bauvorhaben auf Sylt realisierten und ohne Mühe selbst ein stattliches Anwesen auf der angesagten Nordseeinsel hätten beziehen können, zogen sie es vor, ein unauffälliges Haus in Stufhusen zu bauen.

Die Ehe verlief allem Anschein nach glücklich und ohne Skandale – bis zu dieser Sache, die vor circa vier Jahren ihren Anfang nahm. Piet konnte es spontan gar nicht glauben und beschloss tiefer zu graben, damit er Emilias kritischen Fragen - die sie ihm ohne Zweifel stellen würde – lückenlos parieren konnte. Am Ende seiner Recherche hätte er ihr am liebsten sofort davon berichtet.

Nach ihrer Rückkehr nach Friedrichstadt ergriff allerdings zuerst Emilia das Wort, was Piet wie üblich nicht störte. Außerdem wollte er ja genauso gerne wissen, was sie zu dem Fall herausgefunden hatte. Erst nach der Schilderung ihrer Erlebnisse war sie bereit, ihm ihr Ohr zu leihen.

„So, nun erzähl du! Wie war dein Tag? Ist dir der Einstieg ins Schreiben gelungen?“

„Tatsächlich ohne Probleme!“ Piet war mit seiner Leistung absolut zufrieden.

„Hast du dich an unseren Szenenplan gehalten?“, fragte sie schmunzelnd.

„Aber sicher! Und bin dabei besser als erwartet vorangekommen. Du kannst es dir nach dem Essen anschauen. Den Nachmittag habe ich allerdings für eine Recherche zu Tessjes Ermordung genutzt.“ Um die Spannung zu erhöhen, legte er eine Pause ein, die ihre Wirkung nicht verfehlte.

„Das klingt so, als hättest du etwas Wichtiges herausgefunden“, sprang Emilia prompt darauf an. „Spann mich nicht auf die Folter. Du hast schon jetzt meine volle Aufmerksamkeit.“

Piet nickte. „Sag mal, erinnerst du dich an den Skandal, in den das Bauunternehmen Carstensen im Jahr vor Jens´ Tod verwickelt war?“ Erwartungsvoll sah er sie an.

„Ein Bauskandal?“, hakte Emilia nach. „Vor ungefähr drei bis vier Jahren? Wurde darüber im großen Stil in der Presse berichtet?“

„Ja, für kurze Zeit hat es Aufmerksamkeit erregt ...“

„Ach, ging es dabei nicht um eine exklusive Ferienanlage in den Dünen von Sylt? Wenn ich mich richtig erinnere, kochte es kurzfristig hoch, verschwand dann aber relativ schnell wieder aus den Medien.“

„So ist es. Auf dein Gedächtnis ist Verlass.“

„Warum ist mir das nicht eingefallen? Bist du sicher, dass es einen Zusammenhang mit Tessjes Tod gibt?“ Wie immer dachte sie gleich ein Stückchen weiter.

Piet freute sich, sie in die Details seiner Recherche einzuweihen: „Also, grob gesagt war es so, wie du eben gesagt hast. Allerdings kommen ein paar brisante Fakten hinzu: Jens Carstensen hatte es sich in den Kopf gesetzt, im Süden der Insel im Gebiet des Aussichtspunktes von Hörnum eine luxuriöse Ferienanlage für gehobenes Klientel zu errichten. Er kämpfte bereits eine Weile für eine Baugenehmigung, die ihm allerdings verwehrt wurde, weil dieser Teil Sylts in seiner ursprünglichen Form erhalten bleiben soll.“

„Ja, tatsächlich brannten beide für diese Idee, deren Ursprung noch älter war. Ich kann mich an einen Abend mit Tessje erinnern, an dem sie mir von dieser Vision erzählte. Eigentlich war es mehr als das. Die beiden hatten das Projekt bereits komplett durchgeplant. Sie hat mir stolz ihre Zeichnungen gezeigt. Selten habe ich so ein Glühen in ihren Augen gesehen, wie bei ihrer Präsentation dieser exklusiven Bungalows. Ich muss zugeben, dass sie sich perfekt in die Landschaft integriert hätten. Alles sehr nachhaltig und auf hohem Niveau. Trotzdem fand ich es schon damals seltsam, wie sehr sie sich in dieses Projekt verbissen", kramte Emilia immer mehr Einzelheiten aus ihrer Erinnerung.

„Na ja, dabei ging es neben dem Renommee natürlich um das richtig große Geld. Die Preise auf Sylt sind in den letzten Jahren geradezu explodiert", fasste Piet zusammen. „Aber die Begeisterung in der Öffentlichkeit hielt sich in Grenzen. An vorderster Front liefen die Umweltschützer Sturm. Auf der gesamten Insel gab es umfangreiche Proteste gegen das Bauprojekt, die schließlich ihren Weg in die Medien nahmen."

„Aber anfangs gab es gar keine Baugenehmigung!"

„Wenn die erteilt wird, ist es zu spät. Und du weißt ja, wie das läuft, wenn es um wirklich viel Geld geht. Die Befürchtung war groß, dass Jens und Tessje Carstensen sich ihren Traum mit einem Batzen Schmiergeld verwirklichen würden. Ihr Vermögen wurde damals bereits auf einen zweistelligen Millionenbetrag geschätzt ..."

„Ist nicht dein Ernst!", unterbrach Emilia ihren Mann. „Tessje hatte zehn Millionen auf dem Konto?"

„Mindestens. Wahrscheinlich handelte es sich allerdings nicht um ein reines Barvermögen", erklärte Piet nachsichtig und gleichzeitig amüsiert. „Werte in dieser Größenordnung sind natürlich festgelegt: Immobilien, Wertpapiere, vielleicht auch Gold."

„Ja ja, das meine ich nicht. Aber wenn sie so unglaublich reich war, wird das Mordmotiv verstärkt."

„Nur, wenn der Mörder von ihrem Ableben profitiert", gab Piet zu bedenken.

„Klar!"

„Du denkst wieder an Nele, oder? Glaubst du etwa doch an ihre Beteiligung an dem Mord?", fragte er nach.

„Nein, eigentlich nicht. Mir geht gerade ein anderer Gedanke durch den Kopf. Wenn Tessje so vermögend war, hat sie in ihrem Testament vielleicht nicht nur ihre Tochter, sondern auch andere Menschen bedacht, die ihr irgendwie nahestanden oder denen sie etwas verdankte", spann Emilia ihren Faden weiter.

„Wen meinst du damit?", ließ Piet sich auf die Überlegungen ein, obwohl er eigentlich lieber bei seinem Thema geblieben wäre.

„Keine konkrete Person. Es ist nur eine Idee, die Nele vielleicht entlastet", sinnierte sie.

„Oder umgekehrt", widersprach er. „Vielleicht wollte sie nicht mehr warten. Ganz perfide gedacht, hat sie ihre Mutter erlöst, um ihr weiteres Leid zu ersparen. Da wäre sie nicht die Erste mit solch einer Denkweise."

„Indem sie sie mit etlichen Messerstichen brutal abschlachtet?", drückte sich Emilia ungewohnt drastisch aus.

„Es wurden schon Menschen für weniger getötet."

„Ja, aber nicht einige Monate, bevor sie sowieso sterben sollten. Das ergibt irgendwie keinen Sinn!", blieb Emilia bei ihrer Meinung.

„Es ergibt einen Sinn, wenn Tessje ihre Tochter enterben wollte und diese davon wusste", entgegnete Piet.

Emilia verschlug es die Sprache. Erschrocken guckte sie ihm direkt in die Augen.

„Du magst sie, oder?", fragte er vorsichtig nach.

Sie nickte.

„Es ist ja bloß eine Idee. Aber immerhin hast du gesagt, dass es mit dem Mutter-Tochter-Verhältnis nicht zum Besten stand. Außerdem braucht Nele Geld."

„Das kann ich nicht glauben", flüsterte Emilia.

„Ist dir dieser Gedanken bisher nicht gekommen?“, wunderte sich Piet.

„Hhm. Vielleicht. Den habe ich wohl gleich wieder beiseitegeschoben“, gab sie zu.

„Du solltest auf jeden Fall sowohl Tessjes Onkologen als auch ihren Notar aufsuchen. Vermutlich werden sie mauern und dir die gewünschten Informationen vorenthalten, aber einen Versuch ist es wert. Wenn du herausbekommst, wie hoch ihre verbliebene Lebenserwartung war und ob sie ihren Nachlass in einem Testament geregelt hat, bringt dich das ein bisschen weiter“, schlug er vor.

Wieder nickte Emilia.

„Jetzt sind wir von dem Bauskandal abgekommen“, brachte Piet seine Recherche wieder in Erinnerung. „Willst du mehr darüber erfahren?“

Emilia war dermaßen in ihre Gedanken versunken, dass sie Piet nicht zu hören schien. Zumindest reagierte sie nicht.

Und er verspürte plötzlich Hunger. Am besten ließ er sie für eine Weile in Ruhe, damit sie sich mit diesem Aspekt ungestört auseinandersetzen konnte, während er sich in die Küche verdrückte, um das Abendessen zuzubereiten. Wenn sie soweit war, konnte sie ihm folgen.

Als der Duft der gebratenen Zwiebeln und Steaks durch den unteren Teil des Hauses zog, erschien Emilia schließlich im Türrahmen.

„Tut mir leid, ich wollte dich damit nicht alleine lassen. Kann ich etwas tun?“, fragte sie.

„Wenn du möchtest, kannst du den Tisch decken. Das Essen ist gleich fertig“, antwortete Piet entspannt. Neben der Gartenarbeit gehörte das Kochen zu seinen Leidenschaften. Es machte ihm viel Spaß, gemeinsam mit Emilia neue Rezepte auszuprobieren, aber er übernahm genauso gerne allein das Zepter am Herd.

„Mach ich. Und dann berichtest du mir mehr von diesem Bauskandal, auch wenn ich mich nach wie vor frage, was der mit dem Tod von Tessje zu tun haben kann.“ Emilia lächelte. „Bestimmt weihst du mich gerne in deine These ein.“

„Davon kannst du ausgehen“, antwortete Piet, während er zum letzten Mal die Rumpsteaks wendete. „So“, ergänzte er kurz darauf. „Diese Stärkung haben wir uns verdient. Lass uns erst mal essen. Danach erzähle ich dir den Rest.“

„Also, wie ging es mit dem Projekt weiter? Haben die beiden es realisiert?“, fragte Emilia schließlich, als sie die Mahlzeit mit einem Espresso abrundeten.

„Willst du die lange Fassung hören?“, fragte Piet schelmisch. Über die Ungeduld seiner Frau amüsierte er sich gerne.

„Die Highlights würden mir reichen“, entgegnete sie trocken. „Das ist Jahre her. Ich sehe keinen Zusammenhang mit Tessjes Tod.“

„Weil du nicht alle Fakten kennst“, zeigte sich Piet weiter nachsichtig. „Also gut, die Kurzfassung: Gegen alle Proteste der Umweltschützer und etlicher Bewohner der Insel wurde die Baugenehmigung schließlich erteilt. Natürlich munkelte man, dass ein entsprechendes Schmiergeld im Spiel war, zumal es in dem zuständigen Bauamt genau zu dieser Zeit einige personelle Veränderungen gab.“

„Ach!“

„Genau. Der Entscheider kündigte kurz darauf aus gesundheitlichen Gründen ...“

„… und kaufte sich ein Haus und einen protzigen Wagen!“, ergänzte Emilia den Satz und schaute ihren Mann dabei erwartungsfroh an.

„Nein, ganz so dumm war er nicht, aber der Zusammenhang schien trotzdem gegeben.“

„Okay, das ist eine traurige Geschichte und irgendwie passt sie überhaupt nicht zu dem Bild, das ich von den beiden hatte. Trotzdem fehlt mir die Pointe“, gab sie zu.

„Ja, weil sie tatsächlich fehlt“, behauptete Piet, wobei er wieder eine kunstvolle Pause einlegte.

„Ich platze vor Neugierde“, stellte Emilia mit einem Lächeln fest. „Das ist also die Strafe, weil ich dir vorhin nicht bis zum Ende deiner Geschichte gelauscht habe.“

„So ist es.“ Piet ließ sich in seiner Strategie nicht beirren. „Also gut, Spaß beiseite. Mit dem Baubeginn wurden die Proteste auf Sylt zwar nicht leiser, allerdings verlor die Presse schnell das Interesse an der Story – vielleicht wurde die ebenfalls mundtot gemacht. Was ich aber wirklich bemerkenswert finde: Kurz nachdem die ersten schweren Baugeräte durch die wunderschöne Dünenlandschaft pflügten, erlitt Jens Carstensen seinen tödlichen Verkehrsunfall!“, ließ er die Bombe platzen.

„Du vermutest einen Zusammenhang?“, fragte Emilia fassungslos.

„Natürlich habe ich an diesem Punkt weitergeforscht. Und es gibt da tatsächlich ein brisantes Detail: Der Unfallverursacher beging Fahrerflucht!“

Seine Frau hielt den Atem an. „Du gehst von einem Mordanschlag aus?“

„Es wäre zumindest eine stichhaltige Theorie“, bestätigte Piet.

„Hhm. Angenommen du hast recht. Wie passt Tessjes Ermordung ganze drei Jahre später ins Bild?“, fragte sie, während sie sich auf den Gedanken einließ.

„Ich habe gehofft, du würdest das fragen“, lächelte Piet kurz, bevor er wieder ernst wurde. „Möglicherweise hat Tessje die gleichen Befürchtungen gehabt. Und es kommt erschwerend ein weiterer Aspekt hinzu: An dem Abend des Unfalles wollten sie eigentlich gemeinsam in diesem Wagen unterwegs sein. Jens war auf dem Weg zu einer Wohltätigkeitsgala, zu der sie ihn eigentlich begleiten sollte. Weil sie aber unter Migräne litt, fuhr er alleine. Nach den Berichten, die ich im Internet gefunden habe, wurde er von der Bundesstraße abgedrängt und krachte in hohem Tempo gegen einen Baum. Die Ersthelfer waren schnell vor Ort. Jens Carstensen wurde ins UKE nach Hamburg geflogen, hat es aber nicht geschafft.“

„Daran erinnere ich mich. Tessje war verzweifelt. Vielleicht auch, weil die Ärzte ihn trotz des vielen Geldes nicht retten konnten.“ Emilia wirkte betroffen.

„Der Tod ihres Mannes löste einen Prozess des Umdenkens aus. Ich weiß natürlich nicht, ob sie einen Zusammenhang mit dem Bauprojekt auf Sylt vermutete, zumindest ließ sie es sofort stoppen“, führte Piet weiter aus.

„Du meinst, sie hat an einen Mordanschlag geglaubt?“, fragte sie ungläubig.

„Es spricht zumindest einiges dafür“, stimmte er zu. „Überleg mal: Tessje verfügt nicht nur das sofortige Ende des Projektes, sondern zieht sich sowohl aus der Firma als auch aus ihrem gesellschaftlichen Leben in der Öffentlichkeit zurück. Sie vergräbt sich regelrecht in ihrem Haus in Stufhusen, das ja ziemlich abgelegen steht.“

„Ja, darüber habe ich mich immer gewundert. Erst dachte ich, sie bräuchte einfach eine Pause, weil sie so eng mit Jens zusammengearbeitet hat. Sie ist aber nach Neles Aussage nicht in das Unternehmen zurückgekehrt“, ließ Emilia sich auf die Überlegungen ein. „Sie hat sogar eine Weile überlegt, ob sie es verkaufen soll.“

„Ah, das wusste ich nicht“, bemerkte Piet. „Vielleicht wurde sie bedroht.“

„Möglich“, überlegte Emilia. „Trotzdem ist mir immer noch nicht klar, warum du einen Zusammenhang mit dem Mord an Tessje vermutest. Warum jetzt, nach so langer Zeit?“

„Das ist ganz einfach“, entgegnete Piet. „Kürzlich wurden die Bauarbeiten auf Sylt wieder aufgenommen.“

Nele in Stufhusen

In der Nacht zum 16. September

Auch wenn das letzte Gespräch mit den Kriminalkommissaren wesentlich wertschätzender verlaufen war, beeinträchtigten eine Menge negativer Gefühle Neles Wohlbefinden, als sie das Polizeirevier verließ. Die Vorstellung den Abend allein verbringen zu müssen, jagte ihr Angst ein.

Allerdings konnte sie Emilia schlecht bitten, rund um die Uhr an ihrer Seite zu bleiben. Es war bereits ein großartiges Entgegenkommen gewesen, sie nach Husum zu begleiten. Dieser Mats Sommerfeld schien nett zu sein und ihr nichts Böses zu wollen, aber seinem Kollegen Volker

Grimm traute sie nicht über den Weg. Vor dem musste sie sich auf jeden Fall in Acht nehmen.

Somit stand ihr die Hausdurchsuchung des nächsten Tages bevor. Wie gerne hätte sie das Anliegen des Kommissars einfach ausgeschlagen! Allein die Befürchtung, es könnte ihr negativ ausgelegt werden und den Verdacht gegen sie wieder verstärken, hatte sie so schnell zustimmen lassen.

Trotzdem stieg ihre Besorgnis mit jeder Minute, die Ermittler könnten etwas Belastendes gegen sie finden. Die Nacht allein in dem einsam gelegenen Haus in Stufhusen zu verbringen, hatte rein gar nichts Verlockendes, jagte ihr im Gegenteil eine Gänsehaut über den Rücken. Trotzdem hatte sie wohl keine andere Wahl, wenn sie vor dem Besuch der Kommissare die Unterlagen ihrer Mutter durchschauen wollte.

Viel lieber wäre sie an diesem Abend in ihre kleine Tatinger Wohnung zurückgekehrt, um sich mit einem entspannenden Schaumbad oder einem großen Becher Eis zu trösten. Allein die vertraute Umgebung hätte wesentlich mehr zu ihrem inneren Gleichgewicht beigetragen, als die alten schweren Möbel, die ihre Eltern so geliebt hatten. Auch wenn die Antiquitäten wesentlich mehr wert waren als ihre Standardeinrichtung, hatte Nele die vorherrschenden dunklen Farben seit jeher bedrückend empfunden. Jetzt, in dieser Situation würde sich der Effekt bestimmt verstärken.

Nun, sie musste ja nicht unbedingt die ganze Nacht bleiben. Vielleicht kam sie schneller voran, als sie vermutete und konnte später in ihre heimelige Wohnung zurückkehren. Plötzlich wusste sie diese mehr zu schätzen, was ihre Stimmung ein wenig hob.

Obwohl sie in den letzten Monaten mit einem eigenen Schlüssel im Haus ihrer Mutter ein- und ausgegangen war, fühlte sie sich beim Betreten wieder wie ein Eindringling. Spontan schien alle Kraft aus ihren Gliedern zu weichen, was wohl der Überforderung geschuldet war. Auch wenn die Immobilie von außen unscheinbar wirkte, war sie trotzdem sehr geräumig. Wo sollte sie bloß mit ihrer Suche beginnen? Beide Elternteile waren Sammler gewesen. In allen Räumen gab es Schränke und Regale, die mit allem möglichen Zeug vollgestopft waren und auf Nele an diesem Abend beklemmend wirkten.

Am besten fing sie im Arbeitszimmer an. Der Raum wurde zwar seit dem Tod ihres Vaters kaum noch für diesen Zweck genutzt, aber ihre Mutter hatte dort alle wichtigen Dokumente aufbewahrt. Nele war sich nicht im Klaren, was sie überhaupt suchte, wollte aber auf den Besuch der Kommissare nicht völlig unvorbereitet sein. Außerdem fiel die Aufgabe, sich um den Nachlass zu kümmern, ohnehin ihr zu. Sie musste da also so oder so einmal durch.

Hätte sie Emilia bloß gleich gefragt, ob sie am morgigen Nachmittag erneut nach Stufhusen kommen könnte. Im Beisein der Polizisten wollte sie keine Schwäche eingestehen und bei der Verabschiedung hatte sie es glatt vergessen. Wie dumm von ihr! Am besten rief sie sie später noch einmal an – oder morgen früh. Emily hatte schließlich signalisiert, sie weiter zu unterstützen.

Nachdem Nele sich einmal überwunden hatte, verging die Zeit wie im Fluge. Erst als es zu dunkel wurde, um ohne künstliches Licht die entdeckten Fotos anzuschauen, bemerkte sie, wie spät es bereits war.

Die Alben mit den eingeklebten Bildern nahmen sie auf eine Reise in die Vergangenheit mit.

Tessje und Jens waren in ihrer Arbeit aufgegangen, wodurch Nele bereits in ihrer frühen Kindheit viel Zeit allein verbracht hatte. Zweimal pro Jahr überließen die Unternehmer jedoch alle Aufgaben ihren Mitarbeitern und reisten um die Welt. Das waren die schönsten Wochen für Nele gewesen. Familienleben pur. In dieser Zeit war nichts anderes wichtiger. Das hatte sie jedes Mal eng zusammengeschweißt, auch wenn im Alltag einiges auf der Strecke blieb und sie sich häufig einsam fühlte. Schon damals war es ihr schwergefallen, Freunde zu finden oder sich einer Clique anzuschließen. Das setzte sich bis heute fort.

Die Fotos weckten derartig schöne Erinnerungen, dass ihr vor Rührung und Sehnsucht die Tränen kamen. Nie wieder würde sie mit ihren Eltern eine Reise in ferne Länder unternehmen, nicht einmal eine Tasse Kaffee mit ihnen trinken.

Nele spürte plötzlich, wie durstig sie war. Seit Stunden saß sie auf dem Fußboden und blätterte in den vergilbten Alben. Auch ein leichtes Hungergefühl machte sich bemerkbar. Sie stand auf, streckte sich und ging nach unten, um sich ein schnelles Abendessen zu bereiten. Da es bereits spät geworden war und sie sich zahlreiche Dokumente noch gar nicht angeschaut hatte, verwarf sie ihren ursprünglichen Plan, zurück nach Tating zu fahren. Genau genommen war es ohnehin Zeitverschwendung, da sie spätestens mittags wieder herkommen musste. Besser sie nutzte die freie Zeit effektiv. Ab Montag würde sie wieder arbeiten und alles nebenbei regeln müssen.

Sofort, als sie die Küche betrat, beschlich sie das ungute Gefühl, beobachtet zu werden.

Instinktiv guckte sie in Richtung Fenster, hinter dem sie aber nichts erkennen konnte. Wie ein schwarzes Loch gähnte es ihr entgegen, die ohnehin etwas weiter entfernten Nachbarn schienen nicht zu Hause zu sein. Zumindest war kein Licht zu erkennen. Wie gerne hätte sie jetzt eine Jalousie heruntergelassen oder Vorhänge zugezogen, aber die gab es hier nicht.

Nele fühlte sich wie auf dem Präsentierteller und verwarf die Idee, etwas zu kochen. Eine Scheibe Brot mit Käse musste an diesem Abend genügen, es war ohnehin schon spät.

Allein der Entschluss wirkte beruhigend. Mit flinken Fingern richtete sie die kleine Mahlzeit auf einem Teller an und legte ein paar Gewürzgurken und Naschtomaten daneben. Trotzdem hatte sie sich im oberen Stockwerk des Hauses erheblich wohler gefühlt, auch wenn die vermeintliche Sicherheit vermutlich eine Illusion war.

Die gerade gewonnene Ruhe wurde jäh zerstört, als sie aus den Augenwinkeln etwas aufblitzen sah. Sie erstarrte in ihrer Bewegung, wartete, ob es sich wiederholte, doch nichts passierte. Langsam legte sie das Messer neben den Teller. Waren das lediglich die Scheinwerfer eines vorbeifahrenden Autos gewesen? Hier gab es zwar kaum Durchgangsverkehr, aber natürlich konnte ein Anwohner heimkommen. Instinktiv wanderte ihr Blick zu dem Nachbarhaus, welches nach wie vor komplett im Dunkeln lag.

Sollte sie Emilia anrufen? Oder sogar die Polizei?

Obwohl Nele die Aussicht auf Gesellschaft unglaublich verlockend fand, wollte sie sich keinesfalls lächerlich machen. Weder vor der Freundin ihrer Mutter noch vor den Kriminalbeamten. Vor denen am allerwenigsten. Wie sollten die sie jemals wieder ernst nehmen, wenn sie sich als hilfloses Nervenbündel präsentierte? Mats Sommerfeld würde einfühlsam reagieren und Schutz anbieten.

Der wesentlich ältere Volker Grimm würde ihr im Zweifel gar nicht glauben, sondern im Gegenteil vermuten, dass sie lediglich Theater spielte, um den Verdacht von sich abzulenken.

Seufzend nahm sie den Teller. Wie es aussah, war sie auf sich allein gestellt. Eine Welle der Einsamkeit drohte sie zu überrollen. Sie hatte gelernt, damit klarzukommen, aber in diesem Moment wünsche sie sich nichts mehr als eine starke Schulter, an die sie sich anlehnen konnte.

Ohne großen Appetit aß sie das Brot. Schließlich hatte sie es lange genug herausgezögert, nach dem Testament ihrer Mutter zu gucken, obwohl es sie eigentlich am meisten interessierte. Was, wenn sich ihre Befürchtung bestätigte und sie lediglich einen kleinen Pflichtteil erbte?

Ihr Vater war mit ihrer Berufswahl relativ entspannt umgegangen. Trotzdem hatte Nele ihm die Enttäuschung deutlich angesehen, als sie ihnen eröffnete, dass sie lieber in der Reisebranche arbeiten wollte, statt in die großen Fußstapfen der Eltern zu treten. Dagegen hatte ihre Mutter anfangs ein riesiges Drama daraus gemacht. Während ihres Studiums waren die Töne etwas leiser geworden, vermutlich wartete sie ab, wie großartig die anschließende Beschäftigung ausfallen würde. Sicherlich war Tessje davon ausgegangen, dass ihre Tochter mehr Ehrgeiz entwickeln und einen Posten im Management anstreben würde. Als Nele bei der Tourismusinformation in St. Peter-Ording anfing, weil sie einfach in dieser Gegend bleiben wollte, sprach Tessje mehrere Monate nicht mit ihr. Was als späte erzieherische Maßnahme gedacht war, traf sie selbst letzten Endes mehr als Nele. Schließlich sprang ihre Mutter über ihren Schatten und nahm mit ihrer Tochter erneut Kontakt auf. Sie entschuldigte sich nicht explizit für ihr

Verhalten, reichte ihr aber die Hand. Das kam einer Entschuldigung gleich – trotzdem blieb ein kleiner Riss, der sich nicht mehr kitten ließ.

Schnell stieß sie auf einen Ordner, der die wichtigsten Dokumente zu Tessjes Nachlass enthielt: Versicherungsunterlagen, Kontoauszüge, Informationen über Wertpapierdepots, von denen Neles überhaupt nichts verstand. Was fehlte, war ein Testament, obwohl ihre Mutter darauf nie verzichtet hätte. Vermutlich befand es sich bei dem Notar, der gleichzeitig den gesamten Nachlass verwaltete. Ohne ihn kam Nele hier nicht weiter.

Zwei Stunden später hatte sie das gesamte Arbeitszimmer durchsucht, alle Schubladen geöffnet und in jeden Schrank geschaut. Trotzdem fand sie nichts, was irgendwie verfänglich war. Tessje war nicht der Typ gewesen, der Tagebuch führte oder Briefe aufhob, insofern waren ihre Konflikte wohl nicht schriftlich festgehalten worden. Das beruhigte Nele.

Weil ihre Augen brannten und sie wieder Durst verspürte – das Wasser hatte sie in der Küche vergessen – beschloss sie schließlich, für heute Schluss zu machen und ins Bett zu gehen. Sie brauchte dringend ein wenig Schlaf, sonst würde sie die anstrengenden Tage, die ihr jetzt bevorstanden, nicht durchstehen.

Wieder beschlich sie ein ungutes Gefühl, als sie die Küche betrat. Sollte sie mehr Zeit in diesem Haus verbringen, würde sie auf jeden Fall ein Rollo für das Fenster besorgen!

Um innere Ruhe bemüht, griff sie nach dem Glas, das sie vorhin auf dem Tresen stehengelassen hatte. Ihre Hand zitterte leicht, als sie es zum Mund führte. Der Garten lag in absoluter Dunkelheit.

Alle Bewohner des Dorfes schienen sich bereits der Nachtruhe hingegeben zu haben. Unwillkürlich fragte sich Nele, ob sie in diesem Haus leben könnte. Sie hatte immer davon geträumt, eine eigene Immobilie zu besitzen, aber viel abgelegener als hier, ging es kaum. War ihre Angst lediglich der Situation geschuldet oder würde sie sich alleine an diesem Ort ständig so unsicher fühlen?

Das erneute Aufblitzen eines Lichts riss sie aus ihren Überlegungen. Sofort nahm das Zittern ihrer Hände zu, ihr Herz begann schneller zu schlagen.

Da war es wieder! Dieses Mal handelte es sich nicht um ein vorbeifahrendes Auto, sondern ganz eindeutig um den Lichtkegel einer Taschenlampe im Garten des Hauses, der langsam immer näherkam!

Das Glas rutschte Nele aus der schweißnassen Hand. Sie erschreckte sich zusätzlich, als es mit einem lauten Knall auf dem Fliesenboden aufprallte und in tausend Stücke zersprang. Nicht nur ihr Herz begann zu rasen, auch ihre Gedanken wirbelten zusammenhanglos durch ihren Kopf.

Wo war ihr Handy?

Hatte sie die Tür abgeschlossen?

Warum war sie bloß nicht in ihre Wohnung in Tating zurückgekehrt?

Kam der Mörder zurück, um auch sie ins Jenseits zu befördern?

Unfähig sich zu bewegen, starrte sie wie hypnotisiert aus dem Fenster. Die Person im Garten hatte das Haus fast erreicht.

Emilia in Friedrichstadt

Freitag, den 16. September

Emilia war die ganze Nacht nicht richtig zur Ruhe gekommen. Piets Recherchen warfen ein völlig neues Licht auf den Fall. Lag das Mordmotiv wirklich in diesem Bauprojekt auf Sylt begründet oder handelte es sich dabei lediglich um einen Nebenschauplatz, der mit Tessjes Ermordung überhaupt nichts zu tun hatte?

Welche Rolle spielte Nele? Auch wenn sie die junge Frau sympathisch fand und diese immerhin die Tochter einer ehemals guten Freundin war, hatte sie sich von dem Zweifel an ihrer Schuld nicht ganz freimachen können. Dafür ging es einfach um zu viel Geld. Und wie es aussah, war Tessje noch viel reicher gewesen, als Emilia je vermutet hätte.

Wie sollte sie jetzt weiter vorgehen? Musste sie Piets Vermutungen an die Polizei weitergeben oder würden sie sich damit nur lächerlich machen? Der ältere Kommissar schien sehr von sich eingenommen zu sein. Ein Wunder, dass er überhaupt mit dem jungen Mats Sommerfeld zusammenarbeitete, aber vielleicht hatte er keine andere Wahl. Seine Vorbehalte ihr gegenüber waren deutlich zu spüren gewesen. Sollte er doch selbst darauf kommen!

Emilia beschloss, Piets Recherchen vorerst für sich zu behalten und selbst an dieser Stelle weiter zu forschen. Sie setzte einen Besuch bei dem Bauunternehmen Carstensen auf die Liste der zu erledigenden Dinge. Wer hatte die Entscheidung über die Fortsetzung der Bauarbeiten an der exklusiven Ferienanlage auf Sylt getroffen? War Tessje überhaupt involviert gewesen oder hatte der Mörder die Falsche erwischt? Wieder drängte sich die Frage auf, ob sie damit überhaupt die richtige Spur verfolgte.

Emilia war fast eingeschlafen, als ihr ein weiterer bedrohlicher Gedanke durch den Kopf blitzte. Sofort saß sie senkrecht im Bett. Alle Müdigkeit verschwand auf einen Schlag. Ohne lange zu überlegen, rüttelte sie ihren Mann wach.

„Piet, wir haben einen wichtigen Aspekt übersehen!“, rief sie aufgeregt.

„Hhmm, was ist los? Ist was passiert?“, fragte dieser verschlafen.

„Wach auf! Es ist wichtig“, antwortete sie eindringlich.

„Ich bin müde, Emilia. Hat es nicht Zeit bis morgen?“ Ohne eine Antwort abzuwarten, zog er sich das Kissen über den Kopf, was Emilia gleich wieder rückgängig machte.

„Nein, hat es nicht!“, behauptete sie, indem sie mehr Nachdruck in ihre Stimme legte. „Piet! Wenn du mit deiner Mordthese recht hast, schwebt Nele jetzt vielleicht ebenfalls in Gefahr!“

Endlich öffnete er die Augen. „Aber sie hat doch mit der Firma überhaupt nichts zu tun.“

„Noch nicht. Wenn sie aber den Laden erbt, kann sie auf derartig große Entscheidungen bestimmt einwirken“, widersprach Emilia voller Inbrunst.

Piet setzte sich auf und stopfte sich das Kissen in den Rücken. „Wir wissen nicht einmal, ob Tessje überhaupt den Baustopp aufgehoben hat ...“

„Das haben wir ja alles zur Genüge durchgekaut“, unterbrach sie ihn voller Ungeduld. „Der Mörder weiß es auch nicht. Wir müssen von der Außenwirkung ausgehen.“

„In diesem Punkt stimme ich dir zu. Trotzdem sehe ich es insgesamt anders. Egal, ob Tessje ins operative Geschäft involviert war oder es einem Geschäftsführer überlassen hat, kann man davon ausgehen, dass sie an so großen Entscheidungen beteiligt gewesen ist. Nele dagegen hat mit der Firma überhaupt nichts zu tun“, wiederholte er. „Wenn es wirklich um das Bauprojekt auf Sylt geht, schwebt meiner Meinung nach der Geschäftsführer eher in Lebensgefahr als Nele.“

Emilia riss die Augen auf. „Natürlich! Daran habe ich überhaupt nicht gedacht. Das ist ein guter Aufhänger, um dort Gehör zu finden. Ich werde morgen nach Heide fahren. Aber was unternehmen wir jetzt in Bezug auf Nele?

Selbst wenn es nicht sehr wahrscheinlich ist, beunruhigt es mich, sie nicht sicher zu wissen, solange dieser Fall ungeklärt ist.“

„Das kann ich gut verstehen, aber was willst du mitten in der Nacht ausrichten? Wenn du sie jetzt anrufst, versetzt du sie lediglich in Angst und Schrecken. Weißt du überhaupt, wo sie sich im Moment aufhält?“, fragte Piet.

„Sie wollte erst nach Stufhusen, die Nacht aber in Tating verbringen“, antwortete Emilia.

„In ihrer Wohnung wird ihr nichts passieren“, behauptete Piet. „Ruf sie morgen früh an und erkundige dich beiläufig nach ihrem Wohlbefinden. Bestimmt will sie dich gerne wieder dabeihaben, wenn die Kommissare am Nachmittag nach Stufhusen kommen. Biete ihr deine Unterstützung an. Das wird sie freuen. Aber sie mitten in der Nacht aus dem Schlaf zu reißen, halte ich für keine gute Idee. Reicht ja, wenn das einem passiert“, fügte er frotzelnd hinzu.

Nach der unruhigen Nacht wachte Emilia erst gegen halb acht auf. Sofort kamen ihr die Geschehnisse des Vortages wieder ins Bewusstsein. Die Sorge um Nele hatte sich weiter vergrößert. Voller Unruhe hoffte sie, dass der jungen Frau in den vergangenen Stunden nichts zugestoßen war. Sie könnte sich nicht verzeihen, die Schuld daran zu tragen, weil sie in der Nacht nichts mehr unternommen hatte. Piet war bereits aufgestanden und erwartete sie mit einem kräftigen Tee in der Küche.

„Guten Morgen, du Schlafmütze“, begrüßte er sie strahlend. „Wie es scheint, musstest du ein wenig Kraft tanken.“

„Ja, richtig gut geschlafen habe ich nicht, aber ich fühle mich jetzt trotzdem ausgeruht. Gibt es etwas Neues?“

Piet lachte. „Was soll es denn um diese Uhrzeit Neues geben?“

„Ich weiß auch nicht. Nele hat sich also nicht gemeldet?“

„Nein. Und bevor du fragst, ich habe sie ebenfalls nicht angerufen. Ich bin davon ausgegangen, dass sie genauso wie du ein wenig Ruhe braucht, um den heutigen Tag zu meistern.“ Piet verrührte die Milch in seinem Tee. „Setz dich. Die Polizei wird ihre Arbeit erledigen. Du brauchst jetzt nicht ohne Dusche und Frühstück gleich wieder losrasen, um Nele zu beschützen oder den Mordfall aufzuklären.“

„Ich habe trotzdem ein ungutes Gefühl.“ Sie griff nach der Kanne und schenkte sich eine große Tasse ein. „Spätestens gegen acht werde ich sie anrufen. Das ist nun wirklich keine große Mühe.“

„Tu, was du nicht lassen kannst. Ich finde es anerkennenswert, wie du dich um sie kümmerst. Lass dich aber nicht zu tief hineinziehen. Bereits in der letzten Nacht hat es dir komplett den Schlaf geraubt. Da fange ich an, mir Sorgen um dich zu machen.“ Piet guckte ihr direkt in die Augen und griff dabei nach ihrer Hand.

„Das ist lieb von dir, aber ich passe auf mich auf!“, erwiderte Emilia, wobei sie zwischen Rührung und leichtem Unmut hin- und hergerissen war. Sogar der sanftmütige Piet kehrte manchmal den Macho heraus.

„Also gut, dann bereite ich uns mal ein schmackhaftes Frühstück, damit du eine Stärkung für den Tag bekommst. Von allem anderen kann ich dich ja ohnehin nicht abhalten.“

Emilia lächelte. Immerhin das war ihm klar!

Nach einer kurzen Erfrischung und dem ersten Rundstück hielt sie es nicht länger aus. Auch wenn es erst kurz nach acht war, griff sie zu ihrem Mobiltelefon und wählte Neles Nummer. Ein Freizeichen ertönte. Nach dem fünften Klingeln schaltete sich die Mailbox ein. Emilias Unruhe nahm sofort zu. Sollte sie eine Nachricht hinterlassen oder es lieber später erneut versuchen? Da sie nicht wusste, wie gut sie ihre Stimme unter Kontrolle hatte, legte sie einfach auf.

„Das muss nichts heißen", versuchte Piet seine Frau zu beruhigen. „Vielleicht ist sie gerade unter der Dusche oder schläft noch. Du weißt ja nicht, wie ihre Nacht war."

„Genau das ist der Punkt. Stell dir vor, der Mörder hat wieder zugeschlagen. Ich würde es mir nie verzeihen, wenn Nele durch meine Untätigkeit der letzten Nacht zu Schaden gekommen ist." Unglücklich schob sie die Krümel auf ihrem Teller hin und her.

„Geh nicht gleich vom Schlimmsten aus!" Es war Piet anzusehen, wie hilflos er sich in dieser Situation fühlte.

„Du glaubst also nicht, dass sie in Gefahr schwebt."

„Ich kann das natürlich nicht ausschließen, halte es aber nicht für sehr wahrscheinlich", entgegnete er.

„Okay. Ich warte jetzt eine halbe Stunde ab, ob sie zurückruft, dann versuche ich es erneut. Wenn ich sie wieder nicht erreiche, fahren wir nach Tating und schauen nach", entschied Emilia.

„Hhm."

„In der Zwischenzeit können wir die Aufgaben für den heutigen Tag aufteilen. Dazu gehören Besuche bei der Baufirma in Heide, Tessjes Onkologen und dem Notar, der den Nachlass regelt. Eigentlich wollte ich außerdem nach Kiel in die Gerichtsmedizin, aber das wird vielleicht zu viel. Ärgerlich, dass morgen Samstag ist, da können wir nicht viel beschicken." Das Planen lenkte Emilia ausreichend ab, um wieder klar denken zu können. Allerdings hatte sie nicht mit Piets Veto gerechnet.

„Meine Liebe, ich kann nachvollziehen, wie gern du Nele helfen willst und außerdem an der Aufklärung des Mordes interessiert bist. Spann mich aber bitte nicht zu sehr in deine Ermittlungen ein. Wie du weißt, wartet Emily auf mich.“ Er grinste. „Ich freue mich darüber, diese Aufgabe zu übernehmen. Da das Manuskript fertig werden muss, hat das jetzt absolute Priorität für mich.“

Einen Moment lang fühlte sich Emilia allein gelassen, aber das war natürlich Quatsch! Piet hatte ihre Aufgabe übernommen und ihr damit alle Freiheiten gegeben, sich um die Aufklärung des Mordes zu kümmern. Ihm jetzt übel zu nehmen, dass er da nicht auch noch einsteigen wollte – nachdem er gestern bereits eine wertvolle Recherche durchgeführt hatte – wäre wirklich albern.

„Tessjes Onkologen und den Notar kannst du einfach anrufen“, schlug er im gleichen Moment vor. „Es ist ohnehin unwahrscheinlich, bei den beiden etwas herauszubekommen, weil sie der Schweigepflicht unterliegen. Auch ein Besuch der Rechtsmedizin bringt dich vermutlich spontan nicht weiter, weil der Leichnam bestimmt bislang gar nicht obduziert wurde. Das kannst du in der kommenden Woche erledigen. Konzentrier dich auf den Geschäftsführer des Bauunternehmens und auf Nele, damit hast du genug zu tun. Morgen sehen wir weiter“, fügte er mit einem Augenzwinkern hinzu. Er war also nicht komplett abgeneigt, sich weiter einzubringen. Das immerhin beruhigte sie.

Das Klingeln ihres Smartphones holte sie aus ihren Gedanken.

Nele!

„Na endlich!“, polterte sie los.

Sofort biss sie sich auf die Zunge. Genau so hatte sie das Gespräch nicht beginnen wollen. Piet warf ihr einen warnenden Blick zu.

„Ist was passiert?“, fragte Nele prompt.

„Nein, nein. Alles gut“, antwortete Emilia lapidar und schalt sich selbst. „Wie geht es dir? Hast du eine entspannte Nacht verbracht?“

„Nicht wirklich“, gab diese zögernd zu. „Die ganze Angelegenheit nimmt mich dermaßen mit, dass ich überall Gespenster sehe.“ Kurz fasste sie ihre Erlebnisse des Abends zusammen. „Fast hätte ich dem besorgten Nachbarn die Polizei auf den Hals gehetzt oder ihn mit irgendeinem Gegenstand niedergeschlagen, wenn ich dazu den Mut aufgebracht hätte. Gott sei Dank hat er sich vorher zu erkennen gegeben.“ Selbst durch das Telefon hörte sie sich beschämt an. „Er wollte lediglich überprüfen, ob alles in Ordnung ist, weil er das Licht bemerkte. Da er nicht wusste, ob es seine Richtigkeit hatte und es im ganzen Dorf stockdunkel war, kam er mit der Taschenlampe. Es hätte genauso ein Einbrecher sein können, der das unbewohnte Haus leerräumen will.“

Nicht sehr wahrscheinlich, aber immer eine Möglichkeit.

Emilia überlegte, ob sie Nele von Piets Recherche berichten sollte, ließ es aber bleiben. Offensichtlich waren Neles Nerven ohnehin bereits angespannt. Sie jetzt mit neuen Befürchtungen zu konfrontieren, würde nichts bringen.

„Sag mal, kannst du mir die Namen von Tessjes Onkologen und Notar nennen?“, fragte sie stattdessen.

„Wozu brauchst du die?“

„Ist nur eine Ahnung. Jede Information hilft weiter. Hast du das Testament deiner Mutter gefunden?“, wollte Emilia außerdem wissen.

„Nein. Sie hat bestimmt eins aufgesetzt, aber das liegt wohl bei ihrem Rechtsbeistand“, antwortete Nele, bevor sie ihr die gewünschten Namen samt zugehöriger Kontaktdaten gab. „Kannst du heute Nachmittag nach Stufhusen kommen? Ich würde mich sicherer fühlen, wenn ich den Kommissaren nicht allein begegnen muss.“

„Gern, ich werde rechtzeitig da sein. Kommst du solange klar?“

Nachdem Nele es ihr bestätigt hatte, legten beide Frauen auf. Emilias ungutes Gefühl war durch das Telefonat eher verstärkt worden.

Trotzdem beschloss die Schriftstellerin, ihrem Plan zu folgen und nach Heide zu fahren. Sie konnte ohnehin nicht rund um die Uhr mit Nele Händchen halten und am helllichten Tage war die junge Frau hoffentlich sicher. Vielleicht konnte Emilia diesem Albtraum ein schnelles Ende bereiten, wenn sie etwas zu der Aufklärung des Falles beitrug.

Nach einer halben Stunde entspannter Fahrt erreichte sie das Gebäude, in dem die Verwaltung der Baufirma Carstensen untergebracht war. Die Zeit hatte Emilia genutzt, um sich eine Strategie für das bevorstehende Gespräch zurechtzulegen. Vermutlich würde man versuchen, sie abzuwimmeln, aber für diesen Fall hatte sie sich gewappnet.

Nicht vorbereitet war sie allerdings auf den hochmodernen, von Glas dominierten Bau, der am Rande der Kleinstadt etwas deplatziert wirkte. Ganz offensichtlich hatte sie den Umfang von Jens und Tessjes geschäftlichen Aktivitäten unterschätzt. Sie schienen den Traum realisiert zu haben, aus der kleinen Firma, die Jens von seinem Vater einst übernommen hatte, ein mächtiges Unternehmen zu entwickeln. Nun war Emilia gespannt, den Geschäftsführer kennenzulernen. Es würde ihr bestimmt gelingen, bis zu ihm vorzudringen.

„Moin!", begrüßte sie die Frau mittleren Alters hinter dem Empfangstresen. „Mein Name ist Emilia Anderson. Ich möchte gerne Herrn Hansen sprechen."

Piet hatte den Namen auf der Internetpräsenz der Firma gefunden.

„Haben Sie einen Termin?", kam die Frage, mit der Emilia gerechnet hatte.

„Nein, mein Anliegen hat sich spontan ergeben. Es handelt sich um eine dringende Angelegenheit. Ich vertrete Nele Carstensen."

„Sie meinen Tessje Carstensen", wurde sie von der Empfangsdame korrigiert.

Ganz offensichtlich war diese bislang nicht über den Tod der Firmeninhaberin informiert worden.

„Ja", antwortete Emilia schlicht. Wenn sie dadurch schneller zum Ziel kam, sollte es ihr recht sein.

Ihr Gegenüber zögerte, wollte wohl keinen Fehler begehen, indem sie den Chef wegen etwas Unwichtigem störte.

„Worum geht es denn?", fragte sie schließlich.

„Das tut mir leid", gab sich Emilia selbstbewusst. „Darüber darf ich leider keine Auskunft geben. Ich versichere Ihnen jedoch, es ist äußerst wichtig, Herrn Hansen zeitnah zu informieren."

Schließlich gab die Empfangsdame nach und Emilia wurde von einer Assistentin abgeholt.

Entgegen ihrer Erwartung wurde sie direkt in das Büro des Geschäftsführers geführt. Als sie es betrat, stand er auf, um sie zu begrüßen.

„Tobias Hansen. Und Sie sind Emilia Anderson?"
„Moin, ja. Ich ..."
„Nehmen Sie Platz. Darf ich Ihnen eine Tasse Kaffee oder ein Wasser bringen lassen?"
„Gern ein Wasser."
Tobias Hansen nickte seiner Assistentin zu, die darauf das Büro verließ.
„Also, was führt Sie zu mir, Frau Anderson? Wie ich eben erfahren habe, handelt es sich um ein Anliegen, welches keinen Aufschub duldet", kam er gleich zur Sache.
Wie bei der Größe des Unternehmens zu erwarten war, traf Emilia auf eine starke Führungspersönlichkeit. Sie schätzte Tobias Hansen auf Mitte vierzig. Er war schlank und durchtrainiert, hatte markante Gesichtszüge. Die blonden Haare passten perfekt zu den blauen Augen, aus denen er sie offen und fordernd anschaute. Zeitverschwendung schien er nicht zu dulden.
„Ich vertrete Nele Carstensen", folgte sie der zurechtgelegten Strategie.
„Tatsächlich? Die verliert ja keine Zeit!" Zwischen den Augenbrauen des Geschäftsführers entstand eine Falte.
„Sie sind also bereits über den Tod von Tessje informiert worden", schloss Emilia aus seiner Bemerkung.
„Ja, die Polizei war gestern Vormittag hier", bestätigte er. „Es überrascht mich trotzdem, dass ihre Tochter mir zwei Tage später ihre Anwältin ins Büro schickt. Was will die Kleine denn?"
Emilia spürte Unwillen. Auf den ersten Blick hatte Tobias Hansen selbstbewusst und sympathisch gewirkt. Diese abfällige Bemerkung passte nicht zu seinem bisherigen Auftreten.

„Die Kleine ist eine junge Frau von achtundzwanzig Jahren und gleichzeitig Erbin dieses Unternehmens“, entgegnete sie forsch, obwohl die Aussage lediglich Mutmaßung war.

Tobias Hansen kniff die Augen zusammen. „Bisher hat sie sich nie für die Firma interessiert. Will sie jetzt etwa die Geschäftsführung übernehmen?“

„Nein, darum geht es nicht. Ich bin außerdem keine Anwältin, sondern eine Freundin der Familie. Nele hat mich gebeten, ihr in dieser schweren Zeit beizustehen.“

Sofort schien der Geschäftsführer sich wieder zu entspannen. „Okay“, kommentierte er die Aussage langsam. „Dann verstehe ich allerdings nicht, was Sie von mir wollen. Inwiefern betrifft es die Firma?“

„Es geht bislang lediglich um eine Vermutung, was hinter dem Mord an Tessje stecken kann“, antwortete Emilia.

„Das klingt so, als würden Sie in dem Fall ermitteln. Ist das nicht die Aufgabe der Polizei?“, fragte er ironisch. „Sind Sie Privatdetektivin?“

Emilia lächelte. „So etwas in der Art.“

„Verstehe ich nicht! Nele engagiert eine Detektivin? Stehe ich etwa unter Verdacht, ihre Mutter getötet zu haben?“ Er schien auf der Hut zu sein.

„Nein, um Klarheit in die Lage zu bringen, muss ich wohl etwas weiter ausholen. Im Grunde ist das Gegenteil der Fall. Und ich bin keine Privatdetektivin, sondern Schriftstellerin.“

Tobias Hansens Augenbrauen wanderten nach oben.

„Bevor Sie das kommentieren, möchte ich einige Erklärungen hinzufügen.“

„Schriftstellerin?“

„Mein Mann und ich schreiben gemeinsam Kriminalromane. Dadurch sind wir es gewohnt, gründlich und umfassend zu recherchieren.“ Sie berichtete, was Piet herausgefunden hatte. „Wenn es also einen Zusammenhang zwischen dem Bauprojekt und dem Mord gibt, könnte sich der Entscheider in Lebensgefahr befinden“, schloss sie ihre Ausführungen.

Der Gesichtsausdruck des Geschäftsführers hatte sich komplett verändert. Offensichtlich nahm er Emilias Vermutungen ernst und schien sich dabei über ihren Status keine Gedanken mehr zu machen.

„Warum wurde dann Tessje ermordet?“, konzentrierte er sich auf die gerade gehörten Fakten.

„Hat sie die Entscheidung zur Fortsetzung des Bauprojektes nicht getroffen?“, fragte Emilia.

„Nur indirekt. Vor einigen Wochen übergab sie mir die alleinige Verantwortung. In einem langen Gespräch offenbarte sie mir, dass sie nicht mehr lange zu leben hätte. Sie verzichtete also auf ihr Mitspracherecht, zog sich endgültig aus der Firma zurück, weil es ohnehin absehbar war. Das war typisch für Tessje. Sie hat sich immer aktiv um alles gekümmert und bestimmt, wie sie es haben wollte“, erklärte Tobias Hansen.

„Sie hätte es genauso per Testament verfügen können“, gab Emilia zu bedenken.

„Ja, das ist richtig.“

„Hat sie gesagt, warum sie die Entscheidung vorzog?“

„Nein, das hat sie nicht. Vielleicht war es ihr einfach nicht mehr wichtig. Das Projekt birgt viel Profit, der das Unternehmen weiter stärken wird. Möglicherweise wollte sie ihr Lebenswerk fortgesetzt sehen. Außerdem bildet es ja gleichzeitig die Absicherung für ihre Tochter.“ Tobias

Hansen zuckte mit den Schultern. „Sie hat es mir nicht weiter erklärt. Auch das war typisch für Tessje."

„Ja, so habe ich sie ebenfalls kennengelernt", bestätigte Emilia. „Wurde die Übergabe aller Entscheidungskompetenzen nach außen kommuniziert?"

„Nein, das wusste sonst keiner. Tessje wollte ihr nahes Ende nicht öffentlich machen. Am meisten hatte sie Angst vor einer langen Reihe an Bittstellern, die sich um ein Stück ihres Vermögens bemühten. Das wollte sie auf keinen Fall miterleben." Der Geschäftsführer nahm einen Schluck von dem Wasser, das die Assistentin auf den Tisch gestellt hatte, bevor sie sich diskret wieder zurückzog. „Wenn Ihre Vermutung der Wahrheit entspricht, schwebe also nicht nur ich, sondern auch Nele Carstensen in Lebensgefahr."

„Davon müssen wir ausgehen. Sie könnten Tessjes Tochter aus der Schusslinie nehmen, indem Sie klar kommunizieren, allein für alle Entscheidungen des Unternehmens verantwortlich zu sein", schlug Emilia zum Abschluss des Gesprächs vor.

Nachdem sie das Büro wieder verlassen hatte, nahm sie sich vor, dem Notar, der ebenfalls in Heide ansässig war, einen persönlichen Besuch abzustatten. Vielleicht bekam sie ja doch irgendeine Information zu dem Testament, die ihr in der Ermittlung hilfreich war.

Mats unterwegs auf Eiderstedt

Freitag, den 16. September

Obwohl sich Mats überhaupt nichts davon versprach, war er mit seinem Kollegen Volker Grimm unterwegs auf Eiderstedt, um die Angestellten von Tessje Carstensen abzuklappern. Der Fahrt war eine Diskussion vorangegangen, in der Mats so sachlich wie möglich seine Argumente vorgetragen hatte. Zentraler Punkt war für den jungen Kommissar die Frage nach dem Motiv. Welchen Nutzen sollten diese Menschen von dem Tod ihrer Chefin beziehungsweise Auftraggeberin haben? In erster Linie verlören sie doch nur ihre Jobs.

Mats konnte sich beim besten Willen nicht vorstellen, dass Tessje ihnen etwas versprochen oder sie sogar in die Details ihres Testaments eingeweiht hatte – insbesondere nicht nach dem Gespräch, welches sie mit dem Geschäftsführer Tobias Hansen geführt hatten. Was außerdem dagegen sprach, war eindeutig die Art des Tötens. Sowohl der Pflegedienst als auch die Haushälterin hätten ganz andere Möglichkeiten, die reiche Unternehmerin mit Gift oder Medikamenten aus dem Weg zu räumen – was in Anbetracht der überschaubaren Restlebenszeit der Getöteten überhaupt ein überflüssiges Risiko und damit eine bescheuerte Idee war!

Blieb der Gärtner. Mats war gespannt auf dessen Erscheinung. Ansonsten galten natürlich die gleichen Gegenargumente.

Aber Kommissar Volker Grimm war eben nicht nur sein neuer Partner, sondern außerdem sein Vorgesetzter und hatte damit die letzte Entscheidung, wie die Ermittlung fortgesetzt wurde. Nach dessen Meinung konnten diese Befragungen ihnen Aufschluss über Tessje, ihr Verhalten und ihre Einstellung zu allem Möglichen bringen. Mats musste zugeben, nicht besonders gut zugehört zu haben, weil ihm die Argumente einfach zu weit hergeholt klangen. Hoffentlich erwies sich diese Tournee nicht als absolute Zeitverschwendung!

Als erste Station stand der Pflegedienst auf dem Programm. Auf telefonische Nachfrage hatte Volker Grimm erfahren, dass Tessje Carstensen überwiegend von zwei Pflegerinnen betreut worden war. Die Inhaberin Silke Meyerhoff gewährte ihnen ein Zeitfenster von zwanzig Minuten, in denen die Kommissare ihre Mitarbeiterinnen befragen durften, bevor diese wieder losmussten.

Pünktlich erreichten sie Garding und wurden in den modern ausgestatteten Räumlichkeiten bereits erwartet. Grimm übernahm nach einer kurzen Begrüßung die Gesprächsführung.

„Wir bedanken uns für den kurzfristigen Termin. Da es sich bei dem Ableben von Tessje Carstensen um ein Kapitalverbrechen handelt, sammeln wir jetzt Informationen und Hinweise, die zu dem Täter führen. Ist Ihnen in den letzten Tagen etwas Ungewöhnliches aufgefallen?“, begann er die Befragung.

Beide Frauen guckten ihn verständnislos an, wechselten einen Blick und schüttelten schließlich ihre Köpfe.

„Was meinen Sie damit?“, fragte die Jüngere von ihnen, die sich als Svenja Jahnke vorgestellt hatte. Mats schätzte sie auf Anfang dreißig.

„Hat Frau Carstensen sich anders verhalten oder gab es Besucher?“, konkretisierte Grimm seine Frage.

„Frau Carstensen ging es in den letzten zwei, drei Wochen besser. Sie war kräftiger und häufig mit dem Fahrrad unterwegs“, bestätigte Svenja Jahnke, was sie bereits von der Tochter der Toten gehört hatten.

„Können Sie sagen, warum das so war? Hat sie andere Medikamente bekommen?“

„Nein, die Medikation war unverändert. Solche Energieschübe sind nichts Ungewöhnliches. Bei vielen Patienten gibt es derartige Verläufe. Sie können ebenso schnell wieder von absoluter Kraftlosigkeit abgelöst werden. Frau Carstensen hatte gerade eine gute Phase. Dadurch war natürlich auch ihre Laune besser“, berichtete Svenja Jahnke weiter, während ihre Kollegin sich zurückhielt.

„Hatten Sie den gleichen Eindruck?“, band Grimm sie in das Gespräch ein.

„Ja“, antwortete Birgit Lange. „Ich habe sie meistens am Abend gesehen, wenn sie von ihrer Radtour zurückgekehrt war. Diese Ausflüge haben sie mental beflügelt.“

„Wie war das Verhältnis zu ihrer Tochter? Haben Sie die beiden Frauen zusammen erlebt?“, setzte Grimm die Befragung fort, während Mats zuhörte und beobachtete.

„Nur sehr selten“, antwortete Birgit Lange. „Meist kam Nele Carstensen erst, wenn ich bereits wieder weg war.“

„Und haben Sie trotzdem einen Eindruck von deren Verhältnis bekommen?“

„Nein. Frau Carstensen, also Tessje, hat sich mir gegenüber nicht über ihre Tochter geäußert. Kannst du etwas dazu sagen?“, wandte sie sich direkt an ihre Kollegin.

„Ich habe einmal einen heftigen Streit mitbekommen – am Telefon. Aber das ist ja nichts Besonderes. So etwas gibt es überall“, schwächte Svenja Jahnke ihre Aussage sofort wieder ab. „Begegnet bin ich Nele nur sehr selten. Ab und zu kam sie zum Frühstück, wenn sie freihatte oder in der Spätschicht arbeitete. Zu mir war sie immer sehr freundlich. Mit ihrer Mutter hatte sie viel Geduld. Tessje Carstensen war sehr fordernd. In den Phasen, in denen es ihr schlecht ging, konnte sie wirklich anstrengend sein. Das betraf besonders die Zeit kurz nach ihrer Diagnose, als wir unsere Arbeit dort begonnen haben. Ehrlich gesagt: An Neles Stelle hätte ich mich viel häufiger mit Tessje Carstensen gestritten.“

„Wissen Sie, worum es in dem Streit ging?“, hakte Grimm nach.

„Das ist mir jetzt echt unangenehm“, druckste sie herum und schien zu bereuen, überhaupt etwas gesagt zu haben. „Ich möchte nicht, dass Sie deshalb schlecht von Nele denken.“

„Beantworten Sie bitte die Frage“, forderte der Kommissar sie auf, ohne auf ihre Befindlichkeit einzugehen.

„Es ging um Geld. Nele hatte sich mit dem Kauf eines Autos übernommen“, antwortete Svenja Jahnke leise. „Das hat Frau Carstensen ihr jedenfalls vorgeworfen. Sie sagte: ‚Das hättest du dir vorher überlegen müssen. Wenn du bei uns in die Firma eingestiegen wärst, hättest du diese Probleme nicht. Erwarte jetzt nicht, dass ich deine Rechnungen bezahle.‘ Danach legte sie wütend auf.“

„Hat sie sich Ihnen gegenüber weiter dazu geäußert?“

„Nein. Sie sprach mit mir nie über private Angelegenheiten“, antwortete Svenja Jahnke.

Ihre Kollegin nickte bestätigend.

„Bekam sie oft Besuch?“, fragte Grimm.

Mats fing an, sich zu langweilen. Das hatten sie alles bereits von der Tochter gehört. Warum sollte Nele Carstensen in diesem Punkt lügen?

„Ich glaube nicht. Da sollten Sie aber lieber Maria befragen, ich meine Frau Gundlach, die Haushälterin. Die hätte dann sicherlich für das Essen gesorgt.“

„Okay, und sonst gab es nichts Auffälliges in den Tagen vor dem Tod von Frau Carstensen?“, wiederholte er seine Frage.

„Nein.“

„Hat sie Ihnen etwas versprochen?“, brachte er die zentrale Frage ins Spiel. „Wurden Sie in ihrem Testament bedacht?“

Beide Frauen guckten ihn perplex an. In Mats Augen war die Frage damit eindeutig beantwortet. Die Frauen machten einen ehrlichen und authentischen Eindruck. Leider sah er seine Vermutung bestätigt. Insgesamt erfuhren sie nichts Neues.

Die Haushälterin trafen die Kommissare in Tönning an. Maria Gundlach wohnte in einer kleinen stickigen Wohnung, die unglaublich altmodisch möbliert war, aber sauber und gepflegt wirkte. Erstaunt war Mats über das Alter der Frau, die ihr Berufsleben längst hinter sich hatte. Er schätzte sie auf mindestens siebzig Jahre. Da alles an ihr etwas ärmlich wirkte, war sie wohl auf die Einnahmequelle angewiesen.

Sie begrüßte die Kommissare mit verquollenen Augen, die auf viele Tränen schließen ließen. Mats fragte sich unwillkürlich, ob Maria Gundlach mehr um Tessje Carstensen oder um den Verlust des Einkommens trauerte. Dieses Gespräch schien interessanter zu werden.

Durch einen engen Flur wurden sie in ein düsteres Wohnzimmer geführt, das von einer wuchtigen Couchgarnitur dominiert wurde. Die Wände hätten dringend einen Anstrich benötigt, der Teppichboden war an den stark belaufenden Stellen abgewetzt. Insgesamt ein Zimmer, in dem man trübsinnig werden konnte.

„Setzen Sie sich", forderte Maria Gundlach sie auf. „Ich hole nur schnell den Kaffee. Außerdem habe ich gestern ein paar Plätzchen gebacken. Ich musste mich einfach irgendwie beschäftigen." Nachdem sie die Kommissare versorgt hatte, setzte sie sich ebenfalls. „Haben Sie schon etwas herausbekommen?

„Wir verfolgen mehrere Spuren", antwortete Grimm ausweichend. „Von wem sind Sie informiert worden?"

„Nele hat mich am Mittwochabend angerufen und mir mitgeteilt, dass ich bis auf Weiteres nicht zu kommen brauche."

Grimm nickte. „Wie lange waren Sie bei Frau Carstensen beschäftigt?"

„Ach, das sind mittlerweile so viele Jahre. Eine kleine Ewigkeit sozusagen. Anfangs habe ich nur zweimal pro Woche das Haus gereinigt, dann ist es langsam mehr geworden, weil die beiden viel gearbeitet haben. Als Nele geboren wurde, habe ich zusätzlich das Kochen und Babysitten übernommen, zeitweise kamen da dreißig Stunden in der Woche zusammen. Zwischenzeitlich war es wieder weniger, aber seit der schlimmen Diagnose habe ich ihr so viel wie möglich abgenommen."

„Sie sind der Familie also loyal verbunden", stellte Grimm fest.

„Ja, das kann man so sagen. Ich habe sie durch Höhen und Tiefen begleitet und ihre Tochter aufwachsen sehen. Das war eine sehr schöne Zeit, als Nele geboren wurde." Ein seliges Lächeln zeigte sich auf ihrem Gesicht.

„Haben Sie keine eigenen Kinder?" Mats folgte seinem Instinkt.

„Nein, leider ist uns dieses Glück nicht vergönnt gewesen", antwortete sie mit Wehmut. „Wir haben es einige Jahre versucht, aber es sollte nicht sein."

„Und Ihr Mann? Lebt er hier mit Ihnen zusammen?", fragte Mats leise, weil nichts in der Wohnung auf einen männlichen Bewohner hinwies.

„Nein, er ist vor zwanzig Jahren gestorben. Er war ein guter Mann, aber leider nicht sehr erfolgreich mit seinem Geschäft. Statt einer Altersvorsorge hinterließ er mir seinerzeit einen Haufen Schulden. Es waren anstrengende Jahre, aber ich konnte alles zurückzahlen", erklärte sie mit einem Anflug von Stolz.

Das erklärte, warum sie in relativ hohem Alter nach wie vor für Tessje Carstensen gearbeitet hatte. Konnte es mehr bedeuten?

Erwartete Maria Gundlach für die aufopfernden Jahre eine Entschädigung, die über die einfache Entlohnung hinausging? Hatte sie Ansprüche gestellt, die ihre Arbeitgeberin zurückwies? Aber selbst, wenn es so gewesen war, schien das kein Mordmotiv zu sein, weil die Tötung nicht zielführend gewesen wäre. Diese Gedanken brachten Mats nicht weiter.

Grimm wiederholte die Fragen, die er den Mitarbeiterinnen des Pflegedienstes gestellt hatte. War in den letzten Tagen etwas anders gewesen als sonst? Gab es Besucher? Hatte Maria Gundlach etwas Ungewöhnliches beobachtet? Wie war das Verhältnis zwischen Tessje und Nele Carstensen?

Leider fielen die Antworten sehr ähnlich aus. Wie befürchtet brachte sie diese Befragung überhaupt nicht weiter.

Mats hätte das Abklappern der Bediensteten an dieser Stelle abgebrochen, weil er sich von dem Interview mit dem Gärtner von Anfang an am wenigsten versprochen hatte, aber Grimm blieb konsequent. Hannes Breitner besaß eine eigene Firma für Garten- und Landschaftsbau mit Sitz in Oldenswort. Der Außenbereich sah gepflegt aus, wie man das von einem Betrieb dieser Branche erwarten konnte. Immerhin stellte es eine Art Visitenkarte dar. Das Büro führte seine Frau. Tessje Carstensen war sie nie in ihrem Leben begegnet.

„Tut mir leid, aber da kann ich Ihnen leider gar nicht weiterhelfen“, äußerte sie mit Bedauern. „Das ist wirklich furchtbar – und so etwas hier bei uns auf Eiderstedt!“

„Wir würden gerne Ihren Mann sprechen. Können Sie uns sagen, wo wir ihn finden?“, entgegnete Volker Grimm.

„Ich fürchte, da müssen Sie sich bis Dienstag gedulden. Hannes ist gestern zu seiner obligatorischen Angeltour aufgebrochen. Einmal im Jahr ist er mit zwei Kumpels in der Einöde von Schweden unterwegs. Oder ist es dringend? Mit Glück hat er dort ein Netz und ich kann ihn erreichen“, zeigte sie sich hilfsbereit.

„Nein, so dringend ist es wohl nicht. Wir melden uns dann am Dienstag.“

Früher als erwartet waren die Kommissare wieder zurück in Husum. Selbst Grimm zeigte sich über die magere Ausbeute enttäuscht.

„Irgendwie führt das zu nichts. Meinen Sie wirklich, wir finden im Haus des Opfers Hinweise auf den Mörder? Wenn ich an die Aussage des Geschäftsführers Tobias Hansen denke, war Tessje Carstensen eher eine Geheimniskrämerin, die viel mit sich selbst ausgemacht hat. Die Gespräche mit den Angestellten bestätigen das. Sie hat sich niemandem anvertraut und versucht, all ihre Probleme alleine zu lösen“, lamentierte Mats.

„Worauf wollen Sie hinaus?“, fragte Grimm.

„Es erscheint mir unwahrscheinlich, dort etwas zu entdecken, was uns zu dem Mörder führt.“

„Ja, das habe ich verstanden. Werden Sie mal genauer!“

„Wenn Tessje Briefe aufgehoben oder ein Tagebuch geführt hat, ließ sie es bestimmt nicht offen herumliegen. Gleiches gilt für ein Testament oder sonst eine Verfügung. Das befindet sich bestimmt alles in einem Tresor oder bei ihrem Notar. Vielleicht sollten wir den Termin einfach an die Spurensicherung delegieren. Dann können wir uns die Highlights berichten lassen. Anstatt unsere Zeit mit einer aufwändigen Hausdurchsuchung zu verplempern, können wir uns um etwas Zielführenderes kümmern." Mats kam langsam in Fahrt.

Was Volker Grimm tatsächlich den Anflug eines Lächelns entlockte. „Und was stellen Sie sich darunter vor?"

Mats fühlte sich bestärkt. „Was halten Sie davon, wenn wir eine Pressekonferenz veranstalten? Gerade bei einem so brutalen Mord ist es in meinen Augen wichtig, die Medien von offizieller Stelle aus zu informieren, bevor Halbwahrheiten und Gerüchte verbreitet werden ..."

„Ich sehe nicht, wie uns das in der Ermittlung weiterbringen soll", wurde er von Grimm unterbrochen.

„Wir ergänzen unsere Bekanntmachung mit einem Zeugenaufruf", antwortete Mats triumphierend, weil er die Idee einfach großartig fand. „Die Gegend rund um den Tatort ist zwar abgelegen, aber durch die Nähe zum Westerhever Leuchtturm trotzdem attraktiv, das haben Sie selbst gesagt. Auch wenn es ziemlich früh dunkel wird, könnte jemand beobachtet haben, wie der Täter zugeschlagen hat. Vom Deich aus oder so."

„Zugestochen", murmelte Grimm korrigierend.

„Ja, genau. Es besteht immerhin die Möglichkeit, einen Zeugen für dieses Massakers ausfindig zu machen." Mats Wangen glühten. Er hoffte sehr, der Kollege würde sich auf seinen Vorschlag einlassen.

„Haben Sie Freude an dieser drastischen Ausdrucksweise?", fragte dieser streng.

„Darum geht es doch gar nicht. Was ich damit ausdrücken will: Es handelte sich nicht um eine unauffällige Tat, die mitten in der Nacht bei Dunkelheit ausgeführt wurde. Es ist im Gegenteil sehr wahrscheinlich, dass der Täter etwas von dem Blut abbekommen hat – insbesondere, wenn er in Eile zugestochen hat." Mats ließ sich nicht beirren.

Grimm wiegte den Kopf. Immerhin schien er über Mats Vorschlag nachzudenken.

„Wenn wir die Pressekonferenz sofort anberaumen, ... sagen wir für sechzehn Uhr, können wir es in die Regionalnachrichten des Vorabendprogramms und in die morgigen Tageszeitungen schaffen. Es bleibt außerdem genug Zeit, um uns darauf vorzubereiten."

„Das könnte funktionieren", überlegte Volker Grimm.

„Viel mehr als das! Es könnte den Durchbruch in dem Fall bedeuten", blieb Mats euphorisch.

„Nur, wenn sich wirklich ein Zeuge meldet", bremste der Kollege ihn aus, stimmte dem Plan aber trotzdem zu.

Piet in Friedrichstadt

Freitag, den 16. September

Piet hatte den gesamten Freitag an dem Manuskript gearbeitet. Zwischendurch wanderten seine Gedanken immer wieder zu dem realen Mordfall, in dem er gerne weiter recherchiert hätte. Da ihm aber der richtige Ansatzpunkt fehlte und er mit Emilia ein freies Wochenende genießen wollte, konzentrierte er sich auf das Schreiben. Am Abend, als sie von ihrer Ermittlungstour zurückkehrte, war er stolz auf sein Tageswerk. Außerdem konnte er es kaum abwarten, ihrem Bericht zu lauschen. Ob sie etwas Zielführendes herausbekommen hatte?

„Boah, das war ein Tag!“, wurde er von seiner besseren Hälfte begrüßt.

„Ich bin sehr gespannt, was es Neues gibt“, bemerkte Piet mit einem Schmunzeln. „Willst du erst essen oder mir sofort erzählen, was du alles herausgefunden hast?“

„Essen klingt wunderbar! Mehr als ein Fischbrötchen zum Mittag gab es für mich heute nicht“, antwortete sie begeistert. „Hast du etwa gekocht?“

„Ich kümmere mich darum. Mach dich ein wenig frisch oder ruh dich einfach aus. Ich sag Bescheid, wenn ich soweit bin.“

„Ach, dafür habe ich jetzt keine Ruhe. Ich komme mit in die Küche, dann können wir nebenbei schnacken.“

„Gern. Dann schieß mal los. Zuerst warst du in Heide bei dem Bauunternehmen Carstensen. Hat der Geschäftsführer dich empfangen?“ Piet hatte daran keine Zweifel, freute sich auf die Details der Begegnung.

„Ja, das war einfacher als gedacht, auch wenn er anfangs befürchtete, Nele würde nun die Geschäftsleitung an sich reißen“, eröffnete Emilia ihren Bericht.

„Tatsächlich? Warum sollte sie? Das hat sie bisher immer abgelehnt und sich entsprechend gar nicht dafür qualifiziert! Das müsste ihm eigentlich klar sein.“

„Keine Ahnung. Da kamen vielleicht die Urängste in Tobias Hansen hoch. Diesen Aspekt können wir später beleuchten. Quintessenz aus dem Gespräch war, dass Tessje sich aus allen Entscheidungen zurückgezogen hat, was ihm die alleinige Vollmacht gab, über das Bauprojekt auf Sylt zu entscheiden“, führte Emilia weiter aus.

„Dann ist seine Reaktion nicht verwunderlich. Kaum hat er die Macht, befürchtet er, sie wieder zu verlieren.“ Piet hing nach wie vor bei seinen Gedanken an Nele fest.

„Aber das ist nicht der entscheidende Punkt! Das wirst du verstehen, wenn ich dir von meinem zweiten Besuch in Heide erzähle. Der lässt ein komplett anderes Licht auf alles fallen, was wir bisher wussten“, erhöhte Emilia die Spannung, um Piets volle Aufmerksamkeit zu erhalten.

„Du hast bei dem Notar etwas Wichtiges herausbekommen?“, parierte Piet, der die Kontaktdaten der Beteiligten im Kopf hatte und dafür einen anerkennenden Blick erntete.

„Ja! Wie vermutet hat Tessje über ihren letzten Willen verfügt ...“

„Das glaube ich jetzt nicht! Der Notar hat dir Einblick in ihr Testament gewährt?“ Piet hätte beinahe seine Espressotasse vom Tisch gefegt.

„Nein, so weit reichten meine Überredungskünste leider nicht!“ Sie verzog bedauernd das Gesicht. „Trotzdem habe ich etwas herausbekommen, was vielleicht mit der Tötung in Verbindung steht.“

„Spann mich nicht auf die Folter!“, beschwerte er sich.

„Also gut. Tessje und Jens haben ihren Nachlass bereits früh geregelt. Nach seinem Tod hat sie das Testament angepasst, seitdem gab es keine weiteren Änderungen.“

„Das ist nicht gerade spektakulär. Gibt es eine Pointe?“

„Natürlich! Tessje hatte für die kommende Woche einen Termin vereinbart“, ließ Emilia die Bombe platzen.

„Um ihren letzten Willen zu ändern?“, wollte Piet es nun ganz genau wissen.

„Davon geht der Notar aus.“

Emilia war mit dem Ergebnis ihrer Recherche äußerst zufrieden, das war ihr deutlich anzusehen.

„Weißt du Genaueres? Hat er dir Details genannt, was Tessje ändern wollte? Auf wen oder was es sich bezog?“

Vor lauter Aufregung schoss Piet eine Frage nach der anderen ab.

„Nein, leider nicht“, bremste sie ihn wieder aus. „Mal davon abgesehen, dass er es mir vermutlich ohnehin nicht gesagt hätte; es wirkte so, als wüsste er selbst nicht mehr.“

Piet brauchte einen Moment, um die Enttäuschung zu verdauen. Anschließend begann er zu überlegen, was diese Neuigkeit in Bezug auf die Verdächtigen bedeutete.

„Gut, spielen wir die Möglichkeiten durch. Welche Verfügung hätte Tessje ändern wollen?“, fragte er seine Frau.

„Das ist irgendwie müßig, weil wir ja nicht wissen, was in dem Testament seht“, musste Emilia zugeben.

„Nun mal nicht so pessimistisch. Gerade eben hast du behauptet, es könnte uns ein gutes Stück in dem Fall weiterbringen“, entgegnete Piet.

„Ja, dabei habe ich aber übersehen, dass es uns wieder zu Nele als Hauptverdächtige führt“, weihte Emilia ihn betrübt in ihre Gedanken ein. „Angenommen der Konflikt war in letzter Zeit eskaliert. Von dem Streit über die Bezahlung des Autos haben wir gehört, vielleicht gab es noch mehr. Tessje war unzufrieden über Neles Berufswahl. Ihr größter Wunsch, nämlich ihr Lebenswerk von der einzigen Tochter fortgeführt zu sehen, blieb unerfüllt. Trotzdem schien Nele finanzielle Ansprüche geltend zu machen. Vielleicht wollte Tessje ihren uneingeschränkten Zugriff auf das Vermögen der Familie verhindern. Denkbar wäre zum Beispiel eine Verfügung, die Nele erst Zugang zu den Mitteln ermöglicht, wenn sie in die Firma einsteigt“, führte Emilia ihre Gedanken weiter aus.

„Das erscheint mir übertrieben. Wegen eines Streits über einen unüberlegten Autokauf würde ich nicht so weitreichende Schlüsse ziehen“, widersprach Piet.

„Du kennst Tessje nicht so gut wie ich. Sie war eine Frau, die harte Entscheidungen treffen konnte, auch gegen sich selbst und die eigene Familie. Ich würde ihr eine derartige Nachlassregelung absolut zutrauen."

„Hhm, natürlich kanntest du sie besser. Trotzdem sollten wir überlegen, was sonst hinter dem Termin stecken könnte. Das Erbe der einzigen Tochter so massiv einzuschränken, kommt mir unrealistisch vor. Und immerhin ist sie wieder auf ihre Tochter zugegangen, nachdem sie sich damals so entzweit hatten."

„Da stimme ich dir zu. Trotzdem hat es sich anders entwickelt, als Tessje gehofft hat. Tatsächlich widerstrebt es mir, den Gedanken zu Ende zu verfolgen, weil Nele dadurch zur Hauptverdächtigen wird, aber ein zweistelliger Millionenbetrag ist nun mal ein starkes Mordmotiv", beharrte Emilia auf ihrer Meinung.

„Wenn sie von dem Termin gewusst hat", brachte Piet einen neuen Aspekt in die Diskussion.

„Die Befürchtung würde ausreichen", gab Emilia zu bedenken. „Sie kannte ihre Mutter besser als wir. Für Tessje ist der Job - bis auf wenige Ausnahmen - grundsätzlich wichtiger als das Familienleben gewesen. Es gab wohlgeplante kleine Auszeiten, aber das Unternehmen stand für Jens und sie immer an erster Stelle. Nele wollte einfach ein anderes Leben."

„Dabei aber nicht auf das Vermögen der Eltern verzichten", behauptete Piet.

„Das kann ich nicht beurteilen", gab sie zu. „Immerhin hat sie einen Job und sorgt für sich selbst. Ob es sich nur um einen kurzfristigen Engpass handelt oder sie es insgesamt auf das Vermögen abgesehen hat, ist schwer zu sagen."

„Würdest du Tessje eine derartige Maßnahme zutrauen? Enterben als Bestrafung für die falsche Berufswahl?“

„Kommt darauf an, wie tief der Konflikt zwischen Mutter und Tochter wirklich war“, sinnierte sie. „Irgendwie entwickelt sich meine sogenannte Ermittlung gerade in eine andere Richtung als gedacht. Welche Alternativen hattest du vorhin im Kopf?“

„Wir haben uns bislang nur auf die finanzielle Seite konzentriert. Es ist jedoch möglich, Verfügungen ganz anderer Art zu treffen“, antwortete Piet.

„Denkst du an etwas Bestimmtes?“

„Ja. Mir geht dieses Bauprojekt auf Sylt nicht aus dem Sinn. Die Aussage des Geschäftsführers erscheint mir nicht schlüssig.“

„Was genau meinst du damit?“

„Angenommen wir haben die Angelegenheit neulich im richtigen Licht gesehen und der Verkehrsunfall von Jens Carstensen steht damit im Zusammenhang ...“

„Der angebliche Unfall!“

„Du sagst es. Tessje hat die gleiche Vermutung und stoppt den Bau – entweder aus Angst oder weil ihr die Augen geöffnet wurden.“ Piet legte eine Pause ein, um die Spannung zu erhöhen. „Drei Jahre lang hält sie an ihrer Entscheidung fest. Warum sollte sie jetzt – kurz vor ihrem Tod – etwas daran ändern? Das erscheint mir nicht logisch.“

„Tobias Hansen hat es mit der Stärkung des Unternehmens und der Absicherung von Nele begründet.“

„Da muss mehr dahinterstecken. Überleg doch mal: Ein zweistelliges Millionenvermögen! Selbst wenn Nele nie wieder arbeiten würde, hätte sie bis an ihr Lebensende ausgesorgt.“

„Kommt drauf an, wie ausgeprägt ihre Vorliebe für schnelle Autos ist“, versuchte Emilia einen Scherz, um die Atmosphäre ein wenig aufzulockern.

Piet grinste kurz, wurde aber schnell wieder ernst. „Genau! Aber davon abgesehen ist die zentrale Frage: Wie wichtig war Tessje die erfolgreiche Fortführung ihres Lebenswerkes nach ihrem Tod? Steckte die Firma ohne dieses umstrittene Bauprojekt in finanziellen Schwierigkeiten? Und wenn ja, wer hat die verursacht? Will heißen: Hatte Tobias Hansen so etwas in seiner Funktion als Geschäftsführer zu verantworten oder gab es dafür andere Gründe?“, bombardierte Piet seine Frau mit den Fragen, die ihm keine Ruhe ließen.

„Das sind gute Ansätze. Leider werden wir an diese Informationen ohne die Polizei nicht herankommen.“

„Jedenfalls nicht, bevor das Testament eröffnet ist und Nele als Erbin bestätigt wird“, meinte Piet.

„Daran glaubst du nach wie vor?“, fragte Emilia hoffnungsvoll.

„Lass uns den Faden einfach weiterspinnen“, überging er die Frage. „Angenommen Tobias Hansen hat dich in Bezug auf Tessjes Entscheidung angelogen. Vielleicht war es genau umgekehrt: Seit sie sich aus dem operativen Geschäft zurückgezogen hat, sitzt er am Ruder der Firma. Bekleidet er diesen Posten schon seit Jens´ Tod?“

„Das habe ich vergessen zu fragen“, zeigte sich Emilia zerknirscht.

„Ist eigentlich egal. Jetzt ist er vermutlich der wichtigste Mann im Unternehmen und bezieht ein entsprechendes Gehalt, vielleicht obendrauf außerdem Bonuszahlungen. Seine Karriere läuft also und er will sich mit dem Sylt-Projekt weiter profilieren.“

„Ich verstehe nicht, worauf du hinauswillst“, gab Emilia zu.

„Warum sollte Tessje ihre Meinung kurz vor ihrem Tod ändern? Sie haben damals unglaublich viel Zeit, Geld und Energie investiert, um das Bauvorhaben gegen alle Widerstände durchzusetzen. Dann stirbt Jens bei einem sinnlosen Verkehrsunfall und seine Witwe legt alles auf Eis. Verzichtet damit auf ein lukratives Geschäft und vermutlich großes Ansehen bei entsprechenden Leuten. Was kann diese Kehrtwende bewirkt haben?“ Piet guckte sie erwartungsvoll an.

„Glaubst du, dass Tobias Hansen sie unter Druck gesetzt hat?“

„Womit denn?“, kam die prompte Gegenfrage.

„Keine Ahnung. Vielleicht wusste er etwas über sie oder das umstrittene Projekt, was vor der Öffentlichkeit verheimlicht wurde“, überlegte sie laut.

„Ja, das wäre eine Möglichkeit, obwohl ich gerade einen anderen Gedanken im Kopf habe. Schreib das bitte auf. Der Fall wird langsam komplex, wir sollten uns ein paar Notizen machen“, bat er sie.

„Und ich dachte immer, dein Gedächtnis kann man gar nicht überfordern“, grinste sie. „Also gut. An welchen Aspekt hast du gedacht?“

„Mal angenommen Tobias Hansen hat auf Tessjes Ableben gewartet, um die Bauarbeiten auf Sylt wieder aufzunehmen ...“, begann Piet seine Ausführungen, wurde aber von Emilia sofort unterbrochen:

„Aber sie wurden ja bereits fortgesetzt.“

„Richtig! Denkfehler. Also von vorne: Der Geschäftsführer ordnet die Aufhebung des Baustopps an, ohne sich mit Tessje abzusprechen.“

„Entschuldige Piet, aber ich muss dich gleich wieder unterbrechen. Das macht in meinen Augen überhaupt keinen Sinn. Warum hat er nicht einfach ein paar Monate abgewartet, bis sie kein Veto mehr einlegen kann?“ Emilia blitzte ihn herausfordernd an.

„Vielleicht brauchte er das Projekt, um den Erfolg der Firma zu gewährleisten“, beharrte Piet auf seiner Theorie.

„Mutmaßung“, brummelte sie.

„Ist ja alles Mutmaßung“, verteidigte er sich.

„Also gut, worauf willst du hinaus?“, ließ sie sich auf seine Überlegungen ein.

„Möglicherweise hat er gehofft, dass Tessje es gar nicht bemerkt. Sie sitzt in Stufhusen und ist mit sich selbst beschäftigt. Das Gegenteil ist aber der Fall. Sie fährt nach Heide und stellt ihn zur Rede, wobei sie ihre Einstellung zu dem Bauvorhaben bekräftigt. Daraufhin weist er sie auf ihr Verfallsdatum hin und verdeutlicht, wie endlich ihre Entscheidungsgewalt ist.“ Piet sah das Szenario vor seinem geistigen Auge und fand seine Argumentation absolut logisch.

„Daraufhin versichert sie ihm, den Baustopp über ihren Tod hinaus verfügen zu können“, ergänzte Emilia seine Ausführungen.

„Genau. Vielleicht hat sie ihn sogar über den bevorstehenden Termin bei ihrem Notar informiert. Würde das zu ihr passen?“, wollte Piet von seiner Frau wissen.

„Sie hatte immer ein ausgeprägtes Selbstbewusstsein und ließ sich nicht einschüchtern, wenn sie sich etwas in den Kopf gesetzt hatte“, antwortete Emilia zustimmend.

„Na, also!“, freute sich Piet über seinen Riecher.

„Du glaubst ernsthaft, dass er Tessje umgebracht hat, um diese Verfügung zu verhindern?“, fragte sie.

„Vielleicht hat sie ihn sogar gefeuert“, verstärkte Piet seine Argumentation.

„Um kurz vor ihrem Tod ohne Geschäftsführer für ihr heiß geliebtes Unternehmen dazustehen? Das erscheint mir ziemlich abwegig!“, widersprach Emilia.

„Ja, das wäre allerdings nicht besonders schlau. Trotzdem würde ich Tobias Hansen als Verdächtigen nicht ausschließen.“

„Hhm.“ Emilia schien nicht überzeugt.

„Dann landen wir wieder bei Nele als Hauptverdächtige. Oder hat sich bei der Durchsuchung am Nachmittag etwas anderes ergeben?“

„Nein, wenn ich es richtig mitbekommen habe, war die Durchsuchung der Polizei erfolglos. Eins schien mit dabei allerdings merkwürdig. Nicht die Kommissare selbst, sondern Kollegen von der Spurensicherung sind in Stufhusen aufgetaucht“, berichtete sie ihrem Mann.

„Das klingt, als hätte die Polizei einen weiteren Verdächtigen“, mutmaßte Piet.

„Es tut sich also etwas, von dem wir keine Kenntnis haben. Irgendwie scheint mir der Tag jetzt nach der Zusammenfassung doch nicht besonders erfolgreich gewesen zu sein. Mein Gespräch mit Tobias Hansen hätte ich effizienter gestalten können.“

„Ah, sei nicht so streng mit dir. Der Aufhänger für das Gespräch war, dass er vielleicht in Lebensgefahr schwebt. Wie hat er eigentlich darauf reagiert?“, fragte Piet schließlich. „Das könnte ebenfalls ein Hinweis für seine Beteiligung sein.“

„Er wirkte nicht besonders beunruhigt. Allerdings will er keine offizielle Stellungnahme abgeben, um Nele aus der Schusslinie zu nehmen. Ja, jetzt im Nachhinein scheint mir das ein bisschen verdächtig!“, überlegte sie. „Trotzdem habe ich das Gefühl, gerade auf der Stelle zu treten.“

„Was hat sich bei der Untersuchung des Hauses in Stufhusen ergeben?“, kam Piet auf das Thema zurück. „Wurde irgendetwas Verwertbares gefunden? Oder sogar etwas Belastendes gegen Nele?“

„Nein. Aber das kann natürlich täuschen. Die Spurensicherer waren sehr zugeknöpft, nicht gerade sehr gesprächig. Das war ebenfalls frustrierend.“ Emilia schien betrübt.

„Hast du Nele gefragt, ob sie von dem Notartermin wusste?“, fragte er.

„Nein, sie war aus Angst, die Männer könnten etwas Belastendes finden, ohnehin in heller Aufregung. Da wollte ich sie nicht weiter unter Stress setzen.“

Piet nickte. Das war typisch für seine empathische Emilia. Ihm lag eine Bemerkung auf der Zunge, aber er schluckte sie herunter. Es hätte sich wie Nachtreten angehört und wie es aussah, war seine Frau unzufrieden genug mit ihrer Vorgehensweise.

„Wir müssen mit jemandem sprechen, zu dem Tessje den Kontakt nicht komplett abgebrochen hat“, unterbrach sie seine Gedanken. „Auch, wenn sie seit Jens´ Tod sehr zurückgezogen gelebt hat, gibt es bestimmt eine sehr gute Freundin, mit der sie sich ausgetauscht hat. Ich habe nie zu ihrem engsten Kreis gehört, aber so eine Person muss es geben.“

„Was ist mit ihrer alten Clique?“, fragte Piet spontan.

„Natürlich! Du meine Güte! Was ist im Moment bloß mit meinem Gedächtnis los? Wenn ich dich nicht hätte!“, zeigte sich Emilia sofort begeistert.

„Das heißt, sie hatte nach wie vor Kontakt mit den Frauen? Die letzte Gelegenheit, bei der wir auf sie getroffen sind, war Tessjes fünfzigster Geburtstag. Das ist über acht Jahre her“, blieb Piet deutlich sachlicher. „Seitdem hat sich vieles verändert.“

„Das stimmt. Trotzdem ist das bestimmt die beste Möglichkeit, um etwas Privates über sie herauszubekommen. Die vier Frauen kannten sich bereits als Jugendliche. Sie sind zusammen zur Schule gegangen, haben gemeinsam ihr Abitur bestanden und die ersten Reisen durch Europa unternommen. Die wirkten immer so, als könnte sie nichts trennen“, verteidigte Emilia ihren Denkansatz.

„Wollen wir Nele dazu befragen?“, schlug Piet vor.

„Ja, wenn wir alleine nicht weiterkommen. Lass uns mal überlegen, wie sie hießen – ich meine mit Nachnamen – und heraussuchen, was sie jetzt machen und wo sie wohnen. Das ist für dich als Rechercheprofi bestimmt eine Kleinigkeit. Ich möchte Nele heute Abend nicht erneut aufschrecken. Sie braucht nach diesem Tag ein wenig Ruhe und Entspannung.“

„Okay, also ich erinnere mich an Carolyn. Auf den Partys hat sie sich eher zurückhaltend gezeigt. Sie war oft in ernstere Gespräche vertieft, hat keinen Alkohol getrunken, wirkte sehr kontrolliert. Ich glaube, sie kam jedes Mal in einer anderen Begleitung. Das Verhältnis zu dem jeweiligen Mann wirkte grundsätzlich eher oberflächlich, nicht wirklich innig oder verbunden.“

„Stimmt, Carolyn – wie hieß sie bloß mit Nachnamen? Das fängt ja gut an“, mokierte sich Emilia über sich selbst. „Wenn das so weitergeht, muss ich Nele morgen doch anrufen und dazu befragen.“

„Oder du machst es gleich“, bemerkte Piet trocken. „Dann würden wir auf jeden Fall schneller vorankommen.“

„Holthusen! Carolyn Holthusen“, kam es plötzlich wie aus der Pistole geschossen. „Es ist noch nicht Hopfen und Malz verloren“, freute sie sich. „Jetzt erinnere ich mich. Sie ist die Einzige, die nie geheiratet hat.“

„Woher weißt du das?“, fragte Piet.

„Eine Zeitlang war ich mit Tessje ganz gut befreundet. Da plaudert man über solche Dinge.“

„Mann eher nicht. Das trifft wohl eher auf euch Frauen zu. Habt ihr über sie gelästert?“, wollte er wissen.

„Nein, so war Tessje nicht gestrickt. Gegenüber Menschen, denen sie nahestand, war sie loyal. Sie hat es einfach mal erzählt, als es ums Thema Hochzeit ging, vermutlich als Nele heiraten wollte.“

„Also gut. Carolyn Holthusen. Weißt du, wo sie wohnt?“

„In Bredstedt, glaube ich. Wenn mich nicht alles täuscht, ist sie Lehrerin an einem Gymnasium. Das findest du bestimmt heraus! Bleiben außerdem Kerstin und Sabine. Die sind beide nach Hamburg gezogen.“

Das Klingeln von Emilias Handy unterbrach ihre Überlegungen.

„Nele“, rief sie mit einem Blick auf das Display beunruhigt aus. „Hoffentlich ist nichts passiert!“

Nele in Tating

Freitag, den 16. September

Der Nachmittag war beängstigend gewesen. Obwohl es keinen konkreten Grund gab, das Auftauchen der Spurensicherer als Bedrohung anzusehen, hatte sich Nele die ganze Zeit Sorgen gemacht. Wieso waren die Kommissare nicht wie angekündigt selbst in Stufhusen erschienen? Im ersten Moment war sie erleichtert gewesen, weil sie nicht wieder Frage und Antwort stehen musste, aber als die Kollegen ihre Schutzkleidung überstreiften und in den

Sachen ihrer toten Mutter herumkramten, war es mit ihrer inneren Ruhe vorbei.

Neben dem unwohlen Gefühl kam es ihr einfach nicht richtig vor. Wo war Tessje bloß hineingeraten? Erst wurde sie in dieser friedlich wirkenden Umgebung brutal niedergestochen, dann wühlten sich fremde Menschen durch all ihre persönlichen Dinge.

Letztendlich zog der Nachmittag wie im Nebel an Nele vorbei. Am Abend konnte sie sich kaum an irgendwelche Einzelheiten erinnern. Das passierte ihr in letzter Zeit häufiger. Seit ihrer Trennung nach dieser lächerlich kurzen Ehe driftete sie manchmal einfach weg, war für einige Stunden in einer anderen Welt. Wenn sie in die Realität zurückkehrte, fehlten ihr diese Stunden.

Genauso war es heute passiert. Sie hatte zusammen mit Emily Tee getrunken, konnte sich den Inhalt ihres Gespräches allerdings nicht mehr ins Gedächtnis rufen. Ebenso wenig wusste sie, ob die Spurensicherung etwas Interessantes gefunden oder sogar mitgenommen hatte. Immer, wenn es zu anstrengend wurde, zog sie sich in sich zurück und blendete alles Unerfreuliche aus.

In diesem Zusammenhang beschlich sie eine Angst, die sie nicht mehr losließ, als sie endlich in ihrer kleinen Wohnung in Tating ankam und ein herrlich duftendes Schaumbad einließ: Was war am Dienstagabend passiert?

Hatte sie wirklich aus Erschöpfung vor dem Fernseher der Schlaf übermannt oder war sie nach Westerhever gefahren, um den Streit mit ihrer Mutter beizulegen? Wieder wegen des leidigen Geldes! Wie demütigend es war, immer wieder um Unterstützung betteln zu müssen! Warum hatte die großartige Unternehmerin nicht begriffen, wie schwer ihr das fiel? War der Streit weiter eskaliert? Hatte

Nele am Ende die Kontrolle verloren? Der Gedanke war zu ungeheuerlich, um ihn zuzulassen!

Das Bad entspannte sie. Das warme Wasser und der duftende Schaum umhüllten sie schützend und gaben ihr ein wohliges Gefühl der Normalität. Wahrscheinlich waren ihre Überlegungen abwegig. Bestimmt steigerte sie sich sinnlos in etwas hinein, was einfach nicht wahr sein konnte und nur wieder ihr Selbstwertgefühl torpedierte. Am besten sie schob sich eine Pizza in den Ofen und schaltete bei einer Serie des Vorabendprogramms ein bisschen ab. Wenn sie sich dazu ein Glas Rotwein gönnte, würden sich ihre Nerven bestimmt beruhigen.

Nele hüllte sich in ihren flauschigen Bademantel und zündete ein paar Kerzen an. Alles, was das heimelige Gefühl verstärkte, war an diesem Abend willkommen.

Kaum flimmerten die ersten Bilder über die Mattscheibe, war es mit ihrer Ruhe allerdings vorbei. Schlimmer! Vor lauter Schreck hätte sie beinahe ihr Rotweinglas umgeworfen. Eine Regionalsendung auf dem dritten Programm übertrug gerade eine Pressekonferenz zu dem Mord an ihrer Mutter. Wie unwirklich es schien, die Kommissare Grimm und Sommerfeld dort sitzen zu sehen, wie sie die Öffentlichkeit über die Tragödie ihrer Familie informierten. Und trotzdem war es grausame Wahrheit! Der Ältere von beiden führte das Wort. Relativ schonungslos schilderte er, in welchem Zustand der Leichnam am Dienstagabend in der Deichstraße zwischen dem Westerhever Leuchtturm und Stufhusen gefunden worden war.

Nele fröstelte, obwohl es in dem Raum warm war. Das war also der Grund, warum die Polizisten nicht persönlich zu der Hausdurchsuchung gekommen waren. Schon wollte sie umschalten, da blitzte eine irrationale Hoffnung auf.

Hatten die beiden den Fall bereits aufgeklärt? Wandten sie sich deshalb an die Presse? Um von ihrem Erfolg zu berichten? Dann wäre sie nicht weiter verdächtig!

Ein aufgeregtes Kribbeln zog von der Magengrube durch ihren gesamten Körper. Automatisch rückte sie ein wenig näher an den Fernseher, um ja kein Wort zu verpassen!

Allerdings verkündeten die Kommissare keine Verhaftung, sondern riefen die Bürger zu einer Zeugenaussage auf. Wenn sich jemand zur fraglichen Zeit in der Nähe des Tatortes aufgehalten hatte und die Polizei mit sachdienlichen Hinweisen unterstützen konnte, sollte er sich umgehend melden.

Vor lauter Enttäuschung brach Nele in Tränen aus. Ungeduldig wischte sie sich den Schleier aus den Augen, um den Rest des Berichtes nicht zu verpassen. Der offizielle Teil war gerade beendet, jetzt bekamen die Journalisten Gelegenheit, Fragen zu stellen.

„Gibt es bereits einen Verdächtigen für die Tat?“, fragte ein schlaksiger Typ in der ersten Reihe. „Konkret gefragt: Steht Nele Carstensen unter Verdacht? Hat sie ein Alibi? Es ist bekannt, dass ihre Berufswahl in der Familie einen großen Konflikt ausgelöst hat, als sie sich weigerte, in das erfolgreiche Bauunternehmen einzusteigen. Wollte sie sich auf diesem Wege an das elterliche Vermögen heranmachen?“

Was war denn das für ein mieser Journalismus? Nele konnte gar nicht glauben, was sie zu hören bekam! Da musste doch jemand eingreifen! Sie hielt den Atem an, als dieses Mal der jüngere Kommissar das Wort ergriff.

„Es liegen keine Verdachtsmomente gegen die Tochter Nele Carstensen vor. Ich möchte Sie alle bitten, in Ihrer Berichterstattung von einer Vorverurteilung abzusehen.“

Nele atmete aus, trotzdem erfasste sie ein leichter Schwindel.

„Ziel dieser Pressekonferenz ist, einen möglichen Zeugen der Tat, der sich bisher nicht an uns gewandt hat, darum zu bitten, dies dringend nachzuholen – das möchte ich hier in aller Form betonen. Sobald wir neue Erkenntnisse in dem Fall haben, werden wir Sie darüber informieren." Mats Sommerfeld saß gerade auf seinem Stuhl und ließ seinen Blick über die Stuhlreihen wandern, auf denen die Journalisten in überschaubarer Zahl Platz genommen hatten. Er wirkte konzentriert.

„Aber es ist nicht von der Hand zu weisen, dass Nele Carstensen das stärkste Motiv für die Tat hatte?", blieb der Reporter hartnäckig, ohne sich von der Ermahnung des jungen Kommissars einschüchtern zu lassen.

„Mein Kollege hat sich wohl klar ausgedrückt", ergriff Kommissar Grimm wieder das Wort. Sein strenger Blick unterstrich seine Autorität.

„Sie haben also weitere Spuren, die zu anderen Verdächtigen führen?", fragte ein anderer.

„Ja, so ist es. Aus ermittlungstechnischen Gründen werden wir diese allerdings erst später veröffentlichen."

Das Rauschen in Neles Ohren hatte langsam begonnen und verstärkte sich immer mehr. Schließlich konnte sie nicht mehr verstehen, was auf der Pressekonferenz gesprochen wurde. Von weiteren Fragen sah sie lediglich die Mundbewegungen. Nach einer Weile standen die Kommissare mit einem Nicken auf und verließen den Raum. Einige Reporter schienen zu diskutieren, andere zückten ihre Mobiltelefone. Dann verschwand das Bild. Stattdessen erschien der Moderator des *N3 Journals* auf der Mattscheibe.

Zu ihrem Entsetzen wurden neben seinem Konterfei zwei Porträts eingeblendet, die ihre Mutter und sie selbst zeigten! Wo hatten die Fernsehleute so schnell diese Fotos her – insbesondere jenes, das sie selbst zeigte?

Nele schloss die Augen. Langsam ließ das Rauschen nach, der Ton des Fernsehers drang wieder zu ihr durch. Der Bericht war beendet, stattdessen verkündete die Wetterfee, dass in den kommenden Tagen nicht mit Regen zu rechnen sei, das herrliche Spätsommerwetter würde sich fortsetzen.

Was sollte sie bloß machen? Sie konnte nach dieser Sendung unmöglich am Montag wieder hinter dem Tresen der Tourismusinformation stehen und Urlauber beraten, wie sie ihre Tage auf Eiderstedt verbringen konnten oder wo sie ein Quartier nach ihren Wünschen fanden. Wie viele von ihnen hatten wohl diesen Bericht gesehen und würden sie nun mit argwöhnischen Blicken taxieren? Ohne etwas dagegen tun zu können, driftete sie bereits wieder ab – zu schmerzhaft war die ganze Angelegenheit!

Das Klingeln des Telefons riss sie aus ihren Gedanken. Das konnte eigentlich nur Emily sein! Sicherlich hatte sie die Sendung ebenfalls gesehen und wollte sie nun beruhigen. Hastig griff sie nach dem Hörer, ohne auf die übertragene Nummer zu achten.

„Ja?“, fragte sie hoffnungsvoll.

„Spreche ich mit Nele Carstensen?“, fragte eine unbekannte Stimme, die irgendwie unangenehm klang.

„Ja. Wer ist denn da?“ Die Enttäuschung, nicht mit der Freundin ihrer Mutter verbunden zu sein, ließ ihr die nächsten Tränen in die Augen schießen.

„Franjo Ulrich, Husumer Nachrichten“, stellte er sich knapp vor. „Die Polizei hat eben die Presse über den Mord an Ihrer Mutter informiert. Möchten Sie dazu Stellung nehmen?“

Den Mord an ihrer Mutter! Das Rauschen nahm wieder zu. Selbst wenn sie gewollt hätte, Nele war außerstande, dem Reporter jetzt Rede und Antwort zu stehen. Und was sollte sie ihm sagen? Sie wusste ja selber nichts!

„Frau Carstensen?“, drang die Stimme wie durch Watte gedämpft an ihr Ohr. „Wollen Sie sich ...?“

Was? Zu dem Mordverdacht gegen sie äußern? Nele legte einfach auf. Bevor der Journalist oder einer seiner Kollegen den Anruf wiederholen konnte, raffte sie sich mit letzter Kraft auf und zog den Stecker der Basisstation aus der Dose. Immerhin im Festnetz war sie damit nicht mehr erreichbar! Ihre Mobilnummer hatte sie nirgends eintragen lassen, die dürfte schwieriger zu recherchieren sein.

Mit zitternder Hand wählte Nele anschließend Emilys Nummer. Hoffentlich war die Schriftstellerin erreichbar. Sie musste jetzt dringend mit jemandem reden, der ihr wohl gesonnen war.

„Moin Nele. Mit deinem Anruf habe ich heute Abend nicht mehr gerechnet. Ist was passiert?“, wurde sie von der besorgten Emily begrüßt.

„Die wollen mich fertigmachen! Emily, ich brauche deine Hilfe!“ Nele japste, hatte Mühe, genug Luft zu bekommen. Ein leichtes Gefühl der Panik stieg in ihr hoch. Es wurde immer schlimmer.

„Ganz ruhig, meine Liebe. Hol erst mal tief Luft und versuch dich zu beruhigen. Wer versucht dich fertigzumachen?“

„Die Medien!“, presste Nele heraus.

„Die Medien?“, fragte Emily überrascht. „Bisher gab es doch gar keine Berichterstattung ...“

„Die Kommissare haben vorhin eine Pressekonferenz abgehalten, verbunden mit einem Zeugenaufruf.“ Neles Stimme überschlug sich, während sie Emily von allen Einzelheiten der Fernsehsendung erzählte. „Was soll ich bloß machen?“

„Auf jeden Fall Ruhe bewahren. Piet und ich werden dich unterstützen, das verspreche ich dir. Vielleicht kannst du uns ebenfalls helfen.“

„Wie denn?“

„Auf jeden Fall musst du ehrlich sein“, forderte Emily.

„Du zweifelst an meiner Ehrlichkeit?“, brauste Nele auf. „Ich dachte, du bist auf meiner Seite.“

„Ja, das bin ich. Sag mal, wusstest du von dem Termin, den Tessje für die kommende Woche mit ihrem Notar vereinbart hatte?“, fragte die Schriftstellerin vorsichtig.

„Was? Nein, davon hat sie nichts erzählt“, antwortete Nele. „Aber was hat das mit dem Auftritt der Kommissare vor den Medien zu tun?“

„Nichts soweit. Piet und ich sammeln Informationen.“

„Und woher weißt du das?“

„Das spielt jetzt keine Rolle. Da ist noch etwas. Wie eng war Tessjes Kontakt in den letzten Jahren und Monaten zu ihrer alten Clique? Hat sie sich von den Frauen ebenfalls zurückgezogen oder haben sie sich weiterhin getroffen?“, wollte Emily weiter wissen.

„Du meinst Sabine, Kerstin und Carolyn?“

„Genau.“

„Die drei waren Tessjes engste Freundinnen, das stimmt. Ja, den Kontakt hat sie weiter gehalten. Sie sahen sich nicht mehr so oft wie früher, aber alle paar Monate haben sie zusammen etwas unternommen“, bestätigte Nele.

„Auch seit der Diagnose?“, hakte Emily nach.

„Ja. Vorher fuhren sie für einen Abend oder ein ganzes Wochenende nach Hamburg oder sind sogar in eine der europäischen Hauptstädte geflogen, um zu shoppen und mal aus der Alltagsmühle herauszukommen. Ab und zu war sogar meine Mutter froh, wenn sie die Einsamkeit von Stufhusen für eine Weile gegen das Leben in der großen Stadt eintauschen konnte. Seit sie wusste, wie krank sie ist, fehlte ihr dafür die Motivation – und später natürlich die Kraft.“

„Haben die drei sie besucht?“, fragte Emily.

„Ja, mindestens einmal waren sie da. Bei ihnen hat Tessje eine Ausnahme gemacht. Ansonsten sollte niemand den Verfall der einst so starken Frau sehen. Aber wofür ist das wichtig? Das hilft mir alles nicht in meiner jetzigen Misere“, jammerte Nele.

„Doch, Nele. Vertrau mir. Wir müssen mit den Freunden von Tessje sprechen, vielleicht erfahren wir dadurch, wer deiner Mutter nach dem Leben trachtete und warum. Wenn wir den Täter finden, wirst du automatisch entlastet.“ Emilys Argumentation schien einleuchtend.

„Du willst mit ihnen sprechen? Sabine und Kerstin wohnen in Hamburg ...“

„Ja, so habe ich es auch in meiner Erinnerung.“

„Du willst extra nach Hamburg fahren?“ Nele spürte den ersten Hoffnungsschimmer an diesem schrecklichen Tag.

„Ja, und ebenfalls nach Bredstedt zu Carolyn. Am Telefon können die mich leicht abwimmeln. Es ist aber wichtig. Kannst du mir ihre Adressen und Telefonnummern geben oder weißt du zumindest die Nachnamen von Sabine und Kerstin?“, fragte Emily.

„Ich habe Tessjes Adressbuch mitgenommen. Warte eben, ich gucke nach, ob sie sie notiert hat.“ Nachdem sie Emily ein paar Minuten später die gewünschten Informationen diktiert hatte, kehrten ihre Gedanken zu dem Anruf des Journalisten zurück. „Was soll ich denn nun machen?“, wiederholte sie ihre Frage.

„Bleib einfach in Deckung. Geh nur ans Telefon, wenn du die Nummern kennst. Ich weiß, das ist einfacher gesagt als getan, aber versuch dich nicht verrückt zu machen. Es wird sich alles aufklären. Die Polizei sucht einen Zeugen und ich werde zusammen mit Piet ebenfalls weiter recherchieren. Du musst einfach ein wenig Geduld haben.“

Wenn das so einfach wäre!

„Darf ich dich begleiten? Ich glaube, ich halte es alleine in meiner Wohnung nicht aus.“

„Hast du keine Freundin, bei der du für ein paar Tage bleiben kannst?“, fragte Emily vorsichtig.

„Hhm, ich weiß nicht. Die haben Familie, da würde ich bloß stören. Bitte lass mich mitkommen!“, bettelte Nele.

„Nein, es ist besser, wenn ich alleine fahre“, zerstörte Emily ihre Hoffnung, ohne eine weitere Erklärung abzugeben.

War sie wirklich auf ihrer Seite? Eine Welle der Einsamkeit schlug über Nele zusammen, nachdem die Frauen ihr Telefonat beendet hatten.

Emilia in Hamburg

Samstag, den 17. September

Ein Zeugenaufruf über eine Pressekonferenz – keine schlechte Idee", kommentierte Piet, nachdem Emilia ihm den Inhalt des Telefonates wiedergegeben hatte. „Sind die Kommissare auf die Krebserkrankung im Endstadium eingegangen?"

„Davon hat Nele nichts gesagt. Allerdings wurde sie bereits in den ersten Fragen der Journalisten derart angegriffen, dass sie zum Schluss nicht mehr zugehört hat."

„Ich hole meinen Laptop. Vielleicht ist die Sendung schon online. Mich würde außerdem interessieren, ob einer der Reporter spontan den Zusammenhang mit dem

Tod von Jens Carstensen hergestellt hat – und genau wie wir eine Verbindung zu dem Bauprojekt vermutet."

„Diese These hat Schwächen", murmelte sie. „Aber den Computer können wir trotzdem gebrauchen, um zu schauen, was wir im Internet über die drei Freundinnen finden."

Während Emilia das Geschirr in die Spülmaschine räumte und eine Flasche Weißwein öffnete, verschwand Piet im gemeinsamen Arbeitszimmer, um den Laptop zu holen.

„Du willst also morgen nach Hamburg fahren", kommentierte er ihren Plan, nachdem er wieder am Tisch Platz genommen hatte. „Soll ich dich begleiten? Ich bin übrigens mit unserem Manuskript sehr gut vorangekommen. Ich könnte mir das Wochenende freinehmen", stellte er mit einem Augenzwinkern fest.

„Ach entschuldige, ich habe gar nicht nachgefragt. Das freut mich natürlich. Sobald der Fall ein wenig an Brisanz verliert, schaue ich mir gerne an, was du geschrieben hast. Aber darüber mache ich mir keine Sorgen. Es ist bestimmt spannend geworden!" Sie schenkte ihm ein versöhnliches Lächeln. „Nun zu dem Ausflug nach Hamburg. Natürlich wäre es wunderbar, wenn du mich begleitest. Wir könnten das Angenehme mit dem Nützlichen verbinden. Außerdem ist ja nicht sicher, ob ich die beiden wirklich antreffe."

„Du willst die Gespräche lieber allein führen", ergänzte Piet, was sie nicht deutlich aussprach. Aber wie üblich las er zwischen den Zeilen.

„Ja. Es geht nicht gegen dich. Bestimmt werden sie aber von Frau zu Frau wesentlich gesprächiger sein. Immerhin war ich ebenfalls eine Freundin von Tessje, wenn auch nicht so eng. Die Befragungen werden bestimmt nicht lange dauern. Da bleibt genug Zeit, um das Flair der Hansestadt ein wenig zu genießen. Was hältst du davon?"

„Wir waren schon lange nicht mehr in Hamburg und das Wetter ist herrlich. Also ich wäre dabei", freute sich Piet.

„Dann ist es abgemacht", bestätigte Emilia. „Lass uns im ersten Schritt schauen, was wir über die Frauen herausbekommen. Bestimmt kannst du außerdem aus deinem Gedächtnis etwas beisteuern. Ich mache mir Notizen. Es reichen ein paar Anhaltspunkte, den Rest kann ich improvisieren."

„Also gut, dann wollen wir mal. Fangen wir mit Kerstin an." Piet klappte den Computer auf.

„Kerstin Frahm. Groß, schlank, sehr selbstbewusst. Sie ist verheiratet und hat zwei Kinder. Die müssten allerdings in Neles Alter sein, also bereits erwachsen. Vermutlich stehen sie längst auf eigenen Beinen. Wenn ich mich richtig erinnere, ist Kerstin Anwältin, spezialisiert auf Familienrecht", kramte Emily in ihrem Gedächtnis.

„Ja, das stimmt. Alles hast du nicht vergessen", frotzelte Piet und bedachte sie mit einem liebevollen Lächeln. „Es gibt Hoffnung für dich."

Emily boxte ihn in die Seite. „Meine Rache wird fürchterlich sein", ließ sie sich auf den Moment der Leichtigkeit ein. „Also, sag schon. Gibt es im Netz weitere Informationen über sie? Hat sie eine eigene Kanzlei?"

„Ja, sie betreibt im Stadtteil Eimsbüttel eine Kanzlei mit zwei Partnerinnen", gab Piet die Informationen an Emilia weiter, die er auf ihrer Website fand. „Alles attraktive Frauen, knapp unter sechzig mit beeindruckenden Lebensläufen."

„Irgendwie passt das ins Gesamtbild. Tessje hat sich immer gerne mit erfolgreichen Menschen umgeben."

„Zumindest sind die vier Freundinnen alle akademisch gebildet. Sabine Prahl besitzt sogar einen Doktortitel. Sie ist Gynäkologin und ebenfalls mit einer eigenen Praxis niedergelassen. Sie betreibt sie zusammen mit einer Kollegin in Barmbek-Süd."

„Ja, im Komponistenviertel." Emilia nickte. „Ich kann mich erinnern, wie sie an Tessjes vierzigstem Geburtstag stolz von der Eröffnung berichtet hat. Sie hatte sich damals einen Haufen Schulden aufgeladen, um die Räumlichkeiten nicht nur komplett zu renovieren, sondern auch modern einzurichten."

„Scheint sich gelohnt zu haben. Ich erinnere mich an die folgenden Fakten: Sabine ist geschieden und hat ebenfalls eine Tochter, die der Liebe wegen nach Wien gezogen ist. Das hat Sabine sehr getroffen, weil sie sie lieber in der Nähe hatte", ergänzte Piet.

„Was du alles weißt!" Emilia zog erstaunt ihre Augenbrauen nach oben.

„Du hast mich auf diese Partys geschleppt", entgegnete Piet trocken. „Immerhin zeigt sich jetzt, wie gut ich zuhören kann, wenn mir jemand seine Lebensgeschichte erzählt." Wieder zwinkerte er ihr vergnügt zu.

„Über Carolyn Holthusen haben wir ja schon kurz gesprochen. Schau trotzdem einmal nach, ob du darüber hinaus etwas findest. Vielleicht fahre ich erst am Montag zu ihr, aber dann habe ich meine Aufzeichnungen komplett."

„Okay, sie ist Lehrerin an einem Gymnasium in Bredstedt. Biologie und Sport für die Mittelstufe. Carolyn war nie verheiratet, hatte immer nur kurze oberflächliche Beziehungen. Sie nutzt die Ferienzeiten gerne für ausgiebige Reisen", führte Piet weiter aus.

„Postest sie ihre Fotos auf Social Media?“, fragte Emilia interessiert.

„Nein, das ist wirklich auffällig. Keine der Frauen ist in den sozialen Netzwerken aktiv.“

„Finde ich nicht verwunderlich. Mit Ende fünfzig sind sie dafür nicht gerade die Hauptzielgruppe. Alle haben außerdem nicht gerade Berufe, bei denen das nützlich sein könnte“, überlegte Emilia.

„Ah, ich wollte gerade widersprechen, immerhin sind wir selbst in diesem Alter und ebenfalls auf Facebook und Co aktiv, aber das zweite Argument lasse ich gelten. Trotzdem ist es eine Aussage. Gerade Carolyn mit ihrer Reisebegeisterung könnte einen spannenden Blog führen.“

„Nicht jeder, der ein interessantes Leben führt, möchte sich damit online zur Schau stellen“, widersprach Emilia. „Wir zeigen ja ebenfalls nur sehr wenig aus unserem Privatleben.“

„Das ist auch wieder richtig. Also gut, brauchst du sonst noch etwas oder bist du damit ausreichend vorbereitet? Dann gucke ich jetzt mal, ob ich die Sendung mit der Pressekonferenz finde. Wahrscheinlich bringt es uns nicht viel Neues, aber es ist bestimmt interessant zu sehen, wie die Polizei den Fall präsentiert und was sie bereits an Informationen preisgibt.“

Gut gelaunt und genauso gespannt machte sich das Paar am Samstagvormittag auf den Weg in die schöne Stadt an der Elbe. Piets Vorschlag folgend hatten beide eine kleine Reisetasche gepackt, falls sie Lust verspürten oder es notwendig werden sollte, über Nacht zu bleiben.

Emilia kämpfte mit einem leicht schlechten Gewissen, weil sie das Gefühl nicht loswurde, Nele im Stich zu lassen.

Anderseits fuhren sie ja nach Hamburg, um sie zu unterstützen und möglichst mit neuen Fakten zu entlasten. Die Tochter ihrer Freundin war immerhin eine erwachsene Frau, die auf sich allein aufpassen konnte. Und die Rolle der Rund-um-die-Uhr-Beschützerin wollte die Schriftstellerin bei aller Sympathie nicht übernehmen.

Die A23 nach Süden war frei, alle anreisenden Urlauber und Tagesausflügler zog es an diesem Tag in den Norden, an die Küste und den herrlich breiten Strand von St. Peter-Ording. Piet saß hinterm Steuer, so dass sich Emilia im Geiste auf die Gespräche mit den beiden Frauen vorbereiten konnte. Außerdem liebte sie es, ihren Blick über die vorbeiziehende Landschaft wandern zu lassen und nahm es gerne an, gefahren zu werden.

„Welchen Eindruck hattest du eigentlich vom Innenverhältnis der vier Freundinnen?“, fragte Piet sie schließlich in ihre Betrachtungen hinein.

„Das ist ein interessanter Aspekt“, antwortete Emilia. „Darüber habe ich mir bisher gar keine Gedanken gemacht. Mal überlegen. Tessje gehörte auf jeden Fall zu den Dominanteren der Gruppe, vielleicht war sie sogar die Wortführerin. Durch ihren Auslandsaufenthalt wirkte sie immer stark und unerschrocken, ließ sich durch nichts und niemanden in ihren Plänen beirren und schon gar nicht einschüchtern. Allerdings haben wir alle vier Frauen immer nur in Tessjes Haus erlebt. Sie hatte also grundsätzlich ein Heimspiel.“

„Ja, das ist richtig, aber ich sehe es davon unabhängig so wie du. Tessje war stark und wurde durch die glückliche und erfolgreiche Verbindung mit Jens noch stärker. Das war vermutlich der Grund, warum sie mit Neles abweichendem Berufswunsch so unzufrieden war. Allerdings will ich nicht wieder zu Nele abschweifen. Wie siehst du die anderen drei?“, wollte Piet wissen.

„Carolyn war immer sehr zurückhaltend, hat sich an der Meinung der anderen orientiert, ohne sie zu kopieren. Sie scheint mir am unauffälligsten zu sein, ein bisschen wie die graue Maus zwischen den ... äh ... da fällt mir jetzt nichts Passendes ein. Ich wollte sagen: Den Paradiesvögeln, obwohl das Bild nicht stimmig ist. Alle Frauen sind sehr fleißig und strebsam. Sie haben sich ihre Karrieren aufgebaut, sind berufstätig und insofern von den Männern unabhängig. Wobei Carolyn die bescheidenste Laufbahn vorzuweisen hat.“

„Dieser Job gibt ihr die Möglichkeit, viel zu reisen“, warf Piet ein.

„Ja, das stimmt, aber ich kann mir gut vorstellen, dass mehr dahintersteckt“, überlegte Emilia.

„Und wie ich dich kenne, wirst du das herausbekommen“, schenkte Piet ihr sein volles Vertrauen.

„So ist der Plan“, lächelte sie, dachte aber über seine ursprüngliche Frage nach. „Wie hast du das Verhältnis zwischen Kerstin und Sabine empfunden?“

„Die beiden schienen sehr gut miteinander auszukommen. Sie sind beide ebenfalls stark und selbstbewusst. Und was außerdem bemerkenswert ist: Alle vier haben sich gut verstanden. Was ich damit sagen will: Zumindest auf diesen Feiern schienen sie harmonisch und wie ein echtes Team. Oft gibt es ja Gezicke und Rivalitäten, wenn mehrere Frauen aufeinandertreffen. Das habe ich bei denen nie gesehen“, führte Piet seine Beobachtungen aus.

„Ich hatte den gleichen Eindruck. Trotzdem schienen sie sich an Tessje zu orientieren. Ich glaube, sie war die heimliche Regentin der Gruppe.“

„Wie meinst du das?“, hakte Piet nach.

„Ich weiß gar nicht, wie ich es erklären soll. Ist mehr ein Bauchgefühl. Gib mir ein paar Tage Zeit. Vermutlich kann ich es konkreter beschreiben, wenn ich mit allen gesprochen habe. Das wird spannend!“

„Dann drücke ich die Daumen, dass du die Deerns antriffst. Wahrscheinlich sind sie bislang nicht einmal über Tessjes Tod informiert worden. Das solltest du bedenken“, sensibilisierte Piet seine Frau.

„Ja, gut möglich. So beschäftigt wie die sind, haben sie vermutlich keine Zeit, um bereits am Vorabend vor dem Fernseher zu hocken. Und Nele hat sie nicht angerufen, so viel ist sicher.“

Den Rest der Fahrt verbrachten sie schweigend. Es schien vorerst alles gesagt. Würden diese Besuche ihnen wirklich neue Erkenntnisse bringen? Hatte Tessje mindestens einer von ihnen anvertraut, was es mit dem Notartermin auf sich hatte? Gespräche über geschäftliche Dinge wie das Sylter Bauprojekt erschienen Emilia eher unwahrscheinlich, aber sie würde trotzdem danach fragen.

Als Emilia eine Stunde später vor dem Altbau stand, in dem Sabine Prahl seit ihrer Scheidung vermutlich alleine wohnte, spürte sie ein wenig Lampenfieber, das sich in Form eines Magenkribbelns bemerkbar machte. Die Ärztin wohnte in Fußweite zu ihrer Praxis – ebenfalls im Komponistenviertel in der relativ verkehrsberuhigten Bachstraße. Bereits der Eingangsbereich hatte etwas Hochherrschaftliches: Der Fußboden war mit rotem Teppich ausgelegt, was bereits Rückschlüsse auf die Bewohner der Eigentumswohnungen zuließ. Genau in dem Moment, in dem sie den Klingelknopf drücken wollte, öffnete sich die

Tür, was ihr die Gelegenheit gab, ins Haus zu schlüpfen. Dem Alter des Hauses geschuldet gab es keinen Fahrstuhl. Mühelos erklomm die nicht übermäßig sportliche, aber trotzdem stets aktive Schriftstellerin das zweite Obergeschoss und betätigte ohne weiteres Zögern die Türglocke.

Als Sabine ihr kurz darauf öffnete, hätte sie sie nie für eine etablierte Ärztin gehalten, wenn sie ihr vorher nicht schon einmal begegnet wäre. Im Türrahmen stand eine Frau mittlerer Größe in einem roséfarbenen Hausanzug. Wie es aussah, war sie erst vor Kurzem aus der Dusche gekommen. Ihre schulterlangen Haare glänzten feucht, dazu war sie ungeschminkt. Emilia war so überrascht, dass sie kein Wort herausbekam. Bisher hatte sie Sabine immer sehr gut gekleidet und sorgfältig gestylt erlebt.

Ihr Gegenüber zeigte sich nicht minder erstaunt: „Emilia Anderson! Na, das ist ja eine Überraschung! Ich habe eigentlich den Pizzaboten erwartet. Was führt dich denn zu mir?“

„Hallo Sabine, bitte entschuldige diesen Überfall, aber ich würde gerne etwas mit dir besprechen. Wenn es jetzt gar nicht passt, kann ich später wiederkommen.“ Emilia fühlte sich ungewohnt unsicher und stammelte dabei wie ein Teenager beim ersten Rendezvous.

„Ach, was! Komm rein. Allerdings musst du mich im Räuberzivil ertragen. Wenn ich am Wochenende nichts vorhabe, mag ich es gerne leger“, antwortete Sabine lächelnd.

„Kein Problem“, antwortete Emilia wieder sicherer, weil sie sich willkommen fühlte.

„Mensch, wir haben uns ja ewig nicht gesehen! Was führt dich nach Hamburg? Du bist vermutlich nicht zufällig vorbeigekommen, oder?“

„Nein, ich bin hier, weil ich deine Hilfe brauche", antwortete Emilia und musste an sich halten, nicht sofort mit der Neuigkeit herauszuplatzen.

„Okay, das hört sich geheimnisvoll an. Lass uns erst mal Platz nehmen, bevor du mir davon erzählst. Sitzt du gerne draußen? Ich habe immerhin einen Balkon zu bieten."

Emilia folgte Sabine, die ein weiteres Glas auf den Tisch stellte und es mit kühlem stillem Wasser füllte.

„Ich habe dich gar nicht gefragt, wie es dir überhaupt geht. Gut siehst du aus! Leider komme ich nicht viel zum Lesen", plauderte Sabine drauflos, als sie sich schließlich auf dem laubenartigen Balkon gegenübersaßen.

„Es geht mir gut, danke. Aber um mich geht es heute nicht", antwortete Emilia knapp auf die freundliche Nachfrage. „Ich komme leider mit schlechten Neuigkeiten zu dir: Tessje ist am Dienstagabend gestorben."

Das Strahlen verschwand aus Sabines Gesicht. „Oh, nein, wie traurig", rief sie aus. „Es ging ihr in letzter Zeit ein bisschen besser. Ich hatte so gehofft, dass sie wenigstens noch den Herbst erleben darf!"

„Du hast also bislang nichts davon gehört?"

„Nein. Sollte ich?"

„Es ist schlimmer, als du denkst. Tessje ist nicht an ihrer Krebserkrankung gestorben." Emilia legte eine Pause ein. „Sie wurde ermordet", fügte sie schließlich leise hinzu, obwohl ihr die Worte ‚brutal abgeschlachtet' auf der Zunge lagen.

Sabine wurde blass. „Ermordet?", flüsterte sie.

„Ja."

„Wer trachtet denn einer todkranken Frau nach dem Leben? Das ergibt überhaupt keinen Sinn!" Sabine guckte ihr direkt in die Augen.

„Deshalb bin ich hier. Zusammen mit Piet sammle ich Informationen, die zur Ergreifung des Täters führen sollen.“

„Ist das nicht Aufgabe der Polizei?“, fragte die Ärztin ein wenig irritiert.

„Natürlich ermittelt die Kriminalpolizei in dem Fall, aber Nele hat mich um Hilfe gebeten“, antwortete Emilia.

„Nele? Ach, das arme Ding. Schwebt sie etwa auch in Gefahr? Habt Ihr bereits einen Verdacht, worum es überhaupt geht?“

„Wir verfolgen mehrere Ansätze. Ob der Mörder es ebenfalls auf Nele abgesehen hat, wissen wir nicht. Wie es aussieht, steht sie außerdem unter Verdacht.“ Es fiel Emilia schwer, die Worte auszusprechen. Sie selbst war hin- und hergerissen, was sie glauben sollte.

„Nele soll ihre Mutter getötet haben? Du liebe Güte!“

„Kannst du mir etwas mehr über das Verhältnis der beiden Frauen berichten?“, fragte Emilia.

„Ja, sicher. Was genau willst du denn wissen?“, fragte Sabine und schüttelte dabei fassungslos den Kopf. „Das kann ich mir überhaupt nicht vorstellen“, murmelte sie. „Ausgerechnet Nele!“

Das Klingeln an der Tür unterbrach ihr Gespräch.

„Ach, das wird die Pizza sein. Kannst du die vielleicht in Empfang nehmen? Ich befürchte, meine Beine werden mir den Dienst versagen. Ich möchte ungern dem Pizzaboten geschwächt in die Arme sinken“, versuchte sie einen Scherz, blieb aber trotzdem ernst.

„Klar, mache ich.“

„Gib ihm bitte ein Trinkgeld. Du kannst die Schachtel dann einfach in der Küche abstellen. Ich bekomme jetzt keinen Bissen herunter“, bat sie Emilia. „Danke dir!“

Als sie Sabine wieder gegenübersaß, machte diese einen etwas gefassteren Eindruck. „Nele hatte in den letzten Jahren kein glückliches Händchen in Bezug auf ihre Lebensplanung. In meinen Augen war es ein großer Fehler, nicht Architektur oder Betriebswirtschaft zu studieren, um im Anschluss in die Firma ihrer Eltern einzusteigen. Ich kann verstehen, dass sie sich Tessjes Kontrolle entziehen wollte, aber Jens war anders. Die Zusammenarbeit mit ihm wäre positiv für ihr Selbstbewusstsein gewesen. Damit hätte sie ihre Position in dem Unternehmen gefunden, ohne sich ständig gegen ihre Mutter behaupten zu müssen. Aber gut, jeder ist seines Glückes Schmied."

„Was war eigentlich mit ihrem Mann? Die Ehe scheint extrem kurz gewesen zu sein. Hast du ihn kennengelernt?", fragte Emilia.

„Ja, ein Totalausfall. Ich habe die beiden mal zufällig hier in Hamburg getroffen. Ein aufgeblasener Macho, Typ Schaumschläger. Sie hatte ihn über eine Dating-App kennengelernt. Keine Ahnung, warum die beiden überhaupt geheiratet haben!", echauffierte sich Sabine sofort.

„Vielleicht hatte er es auf das Vermögen ihrer Familie abgesehen", warf Emilia ein.

„Gut möglich. Sie hätte es dabei belassen sollen, sich mit ihm zu amüsieren, statt sich so schnell fest zu binden. Das sah in meinen Augen ebenfalls wie ein Protest gegen die Übergriffigkeit von Tessje aus."

„Weißt du, warum sie sich so schnell wieder getrennt haben?"

„Angeblich hat er sie bereits kurz nach der Hochzeit betrogen. Ob das stimmt, weiß ich nicht."

„Haben die beiden einen Ehevertrag geschlossen?" Emilia spürte Aufregung. Konnte es sein, dass Neles Exmann etwas mit dem Mord zu tun hatte? Aber mit welchem Motiv?

„Ich würde es Nele zutrauen, diese Regelung versäumt zu haben. Sie wirkt manchmal recht naiv“, sinnierte Sabine.

„Und ist die Scheidung bereits rechtskräftig?“

Die Ärztin riss die Augen auf. „Oh, mein Gott! Du glaubst doch nicht etwa, dass dieser Erik hinter dem Mord an Tessje steckt!“

„Ehrlich gesagt habe ich mir darüber bis vor fünf Minuten keine Gedanken gemacht, aber es scheint zumindest eine Möglichkeit zu sein. Warum hat Nele eigentlich nicht seinen Namen angenommen?“ Der Aspekt kam Emilia ganz spontan in den Sinn.

„Da kann ich nur mutmaßen. Vielleicht wollte sie den Namen, der in Norddeutschland ein gewisses Gewicht hat, nicht einfach ablegen. Irgendwie hielt sie sich damit ein Hintertürchen offen. So klingt es jedenfalls. Wer weiß, ob es wirklich Liebe war oder sie sich lediglich abnabeln wollte. Unsere Begegnung war nur sehr flüchtig.“ Sabine schien unzufrieden, nicht mehr dazu beitragen zu können.

„Kennst du seinen Nachnamen?“

„Lass mich überlegen. Ich glaube, Tessje hat ihn mal erwähnt.“ Sabine kramte in ihrem Gedächtnis. „Tut mir leid, der fällt mir im Moment nicht ein.“

„Okay, den finden wir heraus. Was hat er beruflich gemacht?“

„Du stellst ja Fragen! Ich fürchte, auch das kann ich nicht beantworten“, antwortete Sabine betrübt.

„Kein Problem, ich frag Nele, wenn ich wieder zurück bin. Kommen wir auf ihr Verhältnis mit Tessje zurück: Es war also eher angespannt?“

„Ja, so kann man es bezeichnen. Seit der Diagnose haben die beiden versucht, sich ein wenig anzunähern. Ich denke, es ging von Nele aus. Sie ist bei allen Unsicherheiten eine empathische junge Frau. Der bevorstehende Tod ihrer Mutter hat ihr zu schaffen gemacht und sie einlenken lassen. Zumindest wollte sie in den vermeintlich letzten Monaten für sie da sein“, schilderte Sabine ihren Eindruck von der Beziehung der beiden Frauen.

„Wusste Tessje das zu schätzen?“, hakte Emilia nach.

„Nicht immer. Ich glaube, es führte ihr erst recht vor Augen, in welcher prekären Lage sie steckte. Bestimmt hat es sie gewurmt, nicht mehr die Stärkere zu sein – und ihre Kräfte fast täglich schwinden zu sehen.“

„Vermutlich hat sie sich deshalb aufgebäumt und diese Fahrradtouren zum Leuchtturm unternommen, obwohl die sie viel Kraft gekostet haben müssen“, überlegte die Schriftstellerin laut und erklärte Sabine, was sie meinte, als sie deren verständnislosen Blick bemerkte.

„Ja, das würde zu Tessje passen“, bestätigte diese. „Aber trotz der Konflikte kann ich mir Nele kaum als Mörderin ihrer Mutter vorstellen. – Außerdem erbt sie sowieso alles! Warum sollte sie zu derartigen Maßnahmen greifen? Tessje hatte maximal noch ein halbes Jahr zu leben.“

„Bist du da sicher?“

„Tessje hat sich so geäußert.“

„Wusstest du von dem Notartermin, den sie für die kommende Woche vereinbart hatte?“

„Nein, aber von diesem juristischen Kram verstehe ich sowieso nichts. Da solltest du lieber mit Kerstin drüber sprechen.“

Emilia nickte. „Ich meine keine Details. Hat sie den Termin überhaupt erwähnt?“

„Bei mir nicht“, antwortete Sabine. „Ah, jetzt verstehe ich. Du glaubst, Tessje wollte ihr Testament ändern?“

„Das wäre eine Möglichkeit. Du kanntest sie doch gut. Hältst du es für möglich, dass sie Neles Erbe beschränken wollte, weil diese nicht nach ihren Vorstellungen gelebt hat?“, kam Emilia auf den Kern ihres Anliegens.

„Letztendlich würde das zu Tessje passen. Sie konnte sehr hart in ihren Entscheidungen sein. Aber wem sollte sie ihr Vermögen sonst vererben? Sie hatte schließlich nur noch Nele“, gab Sabine zu bedenken.

„Na ja, sie hatte Freunde und loyale Angestellte. Daneben gibt es die Möglichkeit, es wohltätigen Zwecken zu spenden“, schlug Emilia vor.

„Das kann ich mir eigentlich nicht vorstellen, aber vielleicht täusche ich mich. Wann ist die Testamentseröffnung?“

„Der Notar meinte, es könne ein paar Wochen dauern“, antwortete Emilia.

„Verstehe.“ Sabine schien zu überlegen. „Tja, ich fürchte, da kann ich dir nicht weiterhelfen. Tessje war keine berechenbare Frau und die Schicksalsschläge der letzten Jahre haben sie eindeutig verändert. Erst Jens´ Tod und nun ihre schwere Erkrankung ...“ Sie zuckte mit den Schultern.

„Darüber wollte ich ebenfalls mit dir sprechen“, griff Emilia den Gedanken auf.

„Worüber?“

„Über den Tod von Jens.“

„Was ist damit?“

„Hat Tessje dir gegenüber jemals die Vermutung geäußert, sein Tod könnte im Zusammenhang mit dem umstrittenen Bauprojekt auf Sylt stehen?“, wollte Emilia wissen.

Sabine begriff sofort, worauf sie hinauswollte. „Glaubst du, dass es gar kein Verkehrsunfall war, sondern er ebenfalls ermordet wurde?“

„Bislang ist es lediglich ein Aspekt, über den Piet und ich nachdenken. Immerhin hat Tessje direkt danach das Bauprojekt gestoppt. Hat sie mit dir darüber gesprochen?“

„Nein, nicht über einen möglichen Zusammenhang. Sie erklärte lediglich, es ohne Jens zu realisieren, fühlte sich falsch an, weil beide gleichermaßen dafür gebrannt hätten. Ich fand das nicht logisch, weil sie die Firma ja fortführte und neben dem Prestige eine Menge Geld in dem Bauvorhaben steckte. Sie war allerdings nicht bereit, darüber zu diskutieren. Also habe ich es gelassen“, erklärte Sabine.

„Aus dem Tagesgeschäft zog sie sich weitgehend zurück, die meisten Entscheidungen hat ihr Geschäftsführer getroffen“, widersprach Emilia.

„Das ist nicht ganz richtig, das sollte lediglich die Außenwirkung sein. Sie wollte keine Termine mehr wahrnehmen und nicht mehr in der Öffentlichkeit auftreten. Ursprünglich hatte sie es als quasi einjährige Trauerzeit geplant. Als das Jahr vergangen war, beließ sie es allerdings dabei“, teilte Sabine ihre Einblicke mit ihr.

„Tessje war also nach wie vor an den maßgeblichen Entscheidungen beteiligt?“, hakte Emilia nach.

„So habe ich es verstanden“, bestätigte Sabine. „Ich glaube, jetzt muss ich doch etwas essen! Soll ich uns eben die Pizza heißmachen? Ich teile sie gern mit dir.“

„Nein danke, das ist nett, aber ich werde später mit Piet essen. Er ist mitgekommen. Wenn wir schon mal in Hamburg sind, wollen wir die Gelegenheit nutzen und im Portugiesenviertel lecker Fisch essen“, lehnte Emilia die Einladung freundlich ab.

„Tja, da kann ich mit meiner Pizza natürlich nicht mithalten", scherzte Sabine nach dem belastenden Gespräch. „War trotzdem schön, dich wiederzusehen, wenn auch unter so schlimmen Begleitumständen. Melde dich gerne, wenn du irgendwie Hilfe oder weitere Informationen brauchst."

Emilia bedankte sich und verließ kurz darauf die Wohnung. Piet bot an, sie abzuholen, aber sie beschloss spontan, den kurzen Weg bis zur *Hamburger Meile* zu laufen. Ein paar Schritte an der frischen Luft würden ihr guttun und gaben ihr die Gelegenheit, ihre Gedanken zu sortieren. Wie immer, wenn sie in Hamburg war, genoss sie das viele Grün, das diese wunderbare Stadt zu bieten hatte.

Nachdem Emilia Piet bei einer Tasse kräftigem Tee und einem kleinen Snack von dem Gespräch mit Sabine Prahl berichtet hatte, fühlte sie sich gestärkt und war gespannt, wie das Zusammentreffen mit Kerstin Frahm verlaufen würde. Erst während ihres Besuchs bei der Ärztin war ihr bewusst geworden, wie herzlich diese auf ihre eigene Person reagierte. Kerstin war ihr dagegen immer kühl begegnet, so als würde sie Emilia misstrauisch als möglichen Eindringling in das vertraute Vierergespann beäugen.

Sie wappnete sich also innerlich, bei der zweiten Station nicht mit offenen Armen empfangen zu werden. Die Anwältin bewohnte mit ihrem Mann ein repräsentatives Einfamilienhaus in Sasel, einem wohlsituierten Stadtteil im Norden der Hansestadt.

Bereits kurz nach ihrem Klingeln wurde die Tür geöffnet. Im Gegensatz zu Sabine war Kerstin elegant gekleidet, perfekt frisiert und ebenso sorgfältig geschminkt. Für den frühen Nachmittag wirkte das Outfit etwas übertrieben, aber natürlich wusste Emilia nicht, ob ihr Gegenüber in Kürze einen wichtigen Termin hatte.

Wie erwartet wurde sie kühl, ja sogar mit einem abschätzigen Blick empfangen. Ob die Anwältin bereits von Tessjes Tod wusste? Vielleicht hatte Sabine die Zeit ihrer Pause genutzt, um die Freundin anzurufen.

„Emilia! Was willst du hier?“, rief Kerstin statt einer Begrüßung aus. „Tut mir leid, aber dein Timing ist ganz schlecht. Ich bin auf dem Sprung zu einem Empfang. Im Grunde bin ich bereits spät dran.“ Sie unternahm den Versuch, Emilia die Tür vor der Nase zuzuknallen, aber diese war schneller.

Sie kam sich zwar etwas lächerlich vor, als sie mit ihrem Fuß das Zufallen der Tür verhinderte, freute sich aber gleichzeitig über ihre schnelle Reaktion.

„Was soll der Quatsch?“, ertönte prompt die giftige Reaktion. „Ich habe es doch gerade deutlich gesagt: Was immer du von mir willst, es muss warten. Ich habe jetzt überhaupt keine Zeit!“ Die Tür wurde wieder weit geöffnet, Kerstin warf ihr einen giftigen Blick zu. „Nimm den Fuß weg. Das ist nun wirklich Kinderkram!“, forderte sie schließlich.

„Tessje ist tot!“, schleuderte Emilia ihr die traurigen Neuigkeiten entgegen und wartete gespannt auf ihre Reaktion.

„Ja, davon habe ich gehört. Kein Grund für so ein Theater“, blaffte Kerstin.

„Nele steht unter Verdacht. Ich brauche deine Hilfe, um sie zu entlasten.“

„Nele ist mir völlig egal. Wenn sie unschuldig ist, wird die Polizei den richtigen Täter finden. Das Gespräch ist damit beendet. Auf Wiedersehen!“

„Was ist mit morgen? Können wir uns morgen unterhalten?“, fing Emilia den Ball auf und warf ihn sofort zurück.

„Nein! Morgen passt es genauso wenig. Ich möchte da nicht hineingezogen werden. Was hast du eigentlich damit zu tun? Ach, völlig egal. Ich will es gar nicht wissen. Geh endlich und lass mich in Ruhe!“

Mats in Husum

Montag, den 19. September

Mats Sommerfeld war unzufrieden. Obwohl er seine Idee, die Pressekonferenz mit einem Zeugenaufruf zu verknüpfen, anfangs einfach großartig fand, schien sie sich als Flop zu erweisen.

Das Wochenende war mit sinnlos wirkenden Recherchen vergangen, die sein Bauchgefühl von Stunde zu Stunde verschlechtert hatten. Statt einen Hinweis zu bekommen, stürzten sich die Medien auf Nele Carstensen als Hauptverdächtige des Falles, eine Entwicklung, die er überhaupt nicht beabsichtigt hatte.

Eine Vorverurteilung der unsicher wirkenden Frau brachte die Kommissare nicht weiter, denn obwohl es keine weiteren heißen Spuren gab, glaubte Mats im Grunde seines Herzens nicht daran, dass Nele ihre eigene Mutter auf so brutale Weise umgebracht hatte. Auch wenn er sich sehr wohl der Waffen der Frauen bewusst war, konnte er sich dieses sanfte, hilfsbedürftig wirkende Wesen einfach nicht als berechnende Mörderin vorstellen. Außerdem sprach die Tötungsart dagegen.

Oder machte er sich gerade zum Trottel, weil er einer gewieften Schauspielerin auf den Leim ging? Nein, so schlecht konnte seine Menschenkenntnis einfach nicht sein!

Allerdings war das reine Intuition und damit konnte er Grimm natürlich nicht kommen. Der würde seine wackelige Argumentation in der Luft zerreißen, was Mats´ gerade im Aufbau befindlichen Status als Kommissar der Kriminalpolizei mindestens untergraben, wenn nicht vorzeitig zunichtemachen würde. Er musste sich also etwas einfallen lassen, wie er an echte Fakten kam, die ihn auf die Spur des Täters bringen würden.

Dass der Zeugenaufruf gänzlich ohne Reaktion geblieben war, machte ihm mehr zu schaffen, als er zugeben wollte. Auch wenn es sich bei dem Gebiet zwischen dem Westerhever Leuchtturm und Stufhusen um eine einsame Gegend handelte, hielt Mats es einfach für unwahrscheinlich, dass niemand diese grausame Tat beobachtet hatte. Es musste noch hell gewesen sein! Oder war Tessje Carstensen ausnahmsweise im Dunkeln unterwegs gewesen?

War der Ausflug vielleicht gar nicht eine ihrer routinemäßigen Radtouren gewesen? Hatte sie sich vielleicht mit ihrem Mörder verabredet? Neue Aufregung erfasste den jungen Kommissar. Auch wenn er keinen Grund sah, warum sich die schwerkranke Frau abends mitten auf der Deichstraße mit jemandem treffen sollte, war dies trotzdem ein neuer Aspekt, der ihm bislang gar nicht in den Sinn gekommen war. Am liebsten hätte er sofort bei der Gerichtsmedizin angerufen, um den genauen Todeszeitpunkt zu erfahren, aber da war am Wochenende natürlich niemand erreichbar.

War er mit seiner Eingebung auf dem Holzweg oder lohnte es sich, weiter darüber nachzudenken? In Ermangelung einer besseren Spur ließ Mats sich darauf ein. Wer könnte der Unternehmerin nach dem Leben getrachtet haben? Das war die zentrale Frage, die er knacken musste!

Motiviert setzte er sich erneut ans Internet, weil das seine einzige Quelle war, die ihm an diesem endlos lang wirkenden Wochenende zur Verfügung stand. Die spontane Rückmeldung der Spurensicherung fiel ebenfalls ernüchternd aus. Es gab nichts, was den Verdacht gegen Nele oder die Angestellten erhärtete, allerdings war auch nichts Entlastendes gefunden worden. Nun wurde alles Mögliche ausgewertet, aber es würde Tage dauern, bis endgültige Ergebnisse vorlagen. Und ob die wirklich etwas nützten, war unsicher.

Also versuchte er im Netz so viel wie möglich über das Mordopfer herauszubekommen, um überhaupt ein Motiv zu finden. Vielleicht konnte er im Anschluss daraus eine Spur zu dem Täter entwickeln. Stunde um Stunde scrollte er sich durch Medienbeiträge, Presseerklärungen und sogar Klatschspalten – ohne wirklichen Erfolg. Am Abend brannten ihm die Augen, dazu schmerzte sein Rücken. Er besaß jetzt ein fein gezeichnetes Bild des Opfers und kannte zahlreiche Stationen ihres facettenreichen Lebens.

Keine der gefundenen Informationen schien allerdings im Zusammenhang mit der Tat zu stehen – oder sah er es einfach nicht?

Zu gern wäre er mit seinem Partner alle Aspekte in einem lockeren Brainstorming durchgegangen. Seiner, wenn auch bislang mageren Erfahrung nach, konnte ein derartiges Vorgehen zu wertvollen Ergebnissen führen, aber er fürchtete nach wie vor Grimms kritisches Auge. Die Daten waren einfach zu unsortiert und zusammenhanglos. Eigentlich ganz normal, aber das schien nicht der Arbeitsweise seines älteren Kollegen zu entsprechen.

Leicht frustriert schnappte er sich seine Sporttasche und fuhr zum Fitnesscenter. Vielleicht kam ihm die rettende Idee, während er auf den Boxsack eindrosch oder sich auf dem Laufband auspowerte. Und dieses Mal würde er seine nächsten Schritte sorgfältiger überlegen und keinen Druck auf Grimm ausüben. Mit der Pressekonferenz hatte er nicht nur Nele Carstensen einen schlechten Dienst erwiesen, auch die Ermittler waren dadurch keinen Schritt weitergekommen.

Am Montag fühlte sich Mats ausgelaugt. Am liebsten hätte er sich krankgemeldet und wäre einfach im Bett liegengeblieben – oder noch besser: irgendwohin gefahren. Rauf aufs Motorrad und die Freiheit spüren!

Aber das war natürlich Wunschdenken und außerdem großer Quatsch. Immerhin handelte es sich um seinen ersten großen Mordfall, da war es keine Option, das Weite zu suchen.

Trotzdem wirkte er nicht einmal halb so frisch wie der deutlich ältere Grimm, als sie sich am ersten Morgen der neuen Woche auf dem Polizeirevier trafen.

„Moin Sommerfeld. Sie sehen aus, als hätten Sie die letzte Nacht durchgezecht. In Ihrem Alter konnte ich deutlich mehr ab!“, begrüßte der Kollege ihn jovial.

Mats lag eine bissige Bemerkung auf der Zunge, die er jedoch herunterschluckte. Was für eine blöde Bemerkung! Als ob Menschen seines Alters immer nur Partys feierten. Und als ob er wüsste, wie viel Mats getrunken hatte! Insbesondere, weil er seinen Durst nach dem Sport lediglich mit alkoholfreiem Alsterwasser gelöscht hatte! Aber statt auf Konfrontation zu gehen, schob er den aufwallenden Ärger beiseite. Grimm war sein einziger Kollege und solange er hier arbeitete, musste er wohl oder übel mit ihm klarkommen. Streit und Diskussionen waren einfach kontraproduktiv, insbesondere mit diesem Mordfall auf dem Tisch. Trotzdem ärgerte es ihn, vergeblich nach einer schlagfertigen Antwort suchen zu müssen.

„Sie sind ja schlimmer verkatert, als ich auf den ersten Eindruck dachte“, trat Grimm prompt nach. „Ich hätte vermutet, Sie wären aus diesem Alter bereits heraus.“

„Sehr witzig“, entgegnete Mats lahm und gönnte sich einen wütenden Blick in Richtung des Angreifers. „Ich habe das ganze Wochenende recherchiert und an unserem Fall gearbeitet“, rechtfertigte er sich, was ihn gleichfalls ärgerte.

„Uieh“, kommentierte Grimm ironisch. „Dann haben Sie ihn ja sicherlich gelöst. Da bin ich aber gespannt auf Ihren Bericht!“

„Ich meine es ernst, Herr Grimm. Von der Pressekonferenz habe ich mir mehr erwartet, das muss ich zugeben. Vielleicht war das keine so gute Idee mit dem Zeugenaufruf …“

„Doch“, widersprach der Kollege überraschenderweise.

„Das war eine gute Idee – hätte auf jeden Fall klappen können. Und es ist ja noch nicht aller Tage Abend“, fügte er etwas platt hinzu. „Vielleicht meldet sich heute jemand.“

„Nach so langer Zeit?“ Mats´ Zweifel überwogen, obwohl er der Aussage gerne Glauben geschenkt hätte. „Die Tat ist jetzt fast eine Woche her. Warum ist ein möglicher Zeuge nicht längst aufgetaucht?“

„Das kann man nie wissen“, antwortete Grimm versöhnlich. „Immerhin ist unser Aufruf erst knapp drei Tage her. Manch einer braucht etwas länger, um sich zu so einer Aussage durchzuringen.“

Ob dem Kollegen bewusst geworden war, wie weit er die Grenze mit seinen abfälligen Bemerkungen überschritten hatte, konnte Mats nicht einschätzen. So ermattet wie er sich heute fühlte, war er mit dem Waffenstillstand zufrieden.

„Für ein verspätetes Auftauchen kann es verschiedene Gründe geben. Viele Menschen scheuen den Kontakt mit der Polizei, auch wenn sie gesetzestreue Bürger sind. Andere sind von einer derartigen Tat zu schockiert, um sich daraufhin zu melden. Sie blenden sie einfach aus und machen sie quasi ungeschehen – zumindest für sich selbst“, referierte der Kollege weiter.

Mats war überrascht. Wenn er ehrlich war, hätte er Grimm so umfangreiche psychologische Kenntnisse gar nicht zugetraut. Sollte er ihn doch in seine Überlegung einweihen, dass Tessje Carstensen ihrem Mörder am Dienstagabend vielleicht gar nicht zufällig begegnet war, sondern es sich um eine Verabredung gehalten hatte? Auch wenn Mats diese Variante der Geschehnisse selbst nicht für sehr wahrscheinlich hielt, durfte sie nicht außer Acht gelassen werden. Zumindest handelte es sich um einen guten Gesprächseinstieg, allemal besser als die Regenbogenpresse zu zitieren. Und möglicherweise war es gar nicht so spät gewesen. Vielleicht hatte ausgerechnet an diesem Abend niemand diesen Weg benutzt oder den Leichenfund einfach nicht gemeldet.

„Spucken Sie es aus, Kollege Sommerfeld", unterbrach die Aufforderung seine Gedanken.

„Wie bitte?"

„Ich sehe Ihnen an, wie Sie mit irgendetwas ringen. Entweder haben Sie eine neue Theorie oder Sie sind am Wochenende auf neue Fakten gestoßen, die Sie nicht einschätzen können. Und nun fragen Sie sich, ob Sie sie mir präsentieren sollen", führte Grimm weiter aus.

Das war allerdings etwas unheimlich!

„Ja, ... äh ..." Mats fühlte sich überrumpelt.

„Raus damit!", verstärkte der Kollege seinen Appell.

„Also gut", gab er nach und begann seinen Bericht mit der neu aufgestellten These.

Bevor der strenge Revierleiter die Chance bekam, Mats Überlegungen zu kommentieren, öffnete sich die Tür und ein unscheinbar wirkender Mann betrat die Polizeistation.

Der junge Kommissar schätzte den unerwarteten Besucher auf Ende fünfzig bis Mitte sechzig, aber das war aufgrund der beginnenden Glatze schwer zu sagen. Vielleicht wirkte er auch älter, als er in Wirklichkeit war. Bekleidet war er mit einer Bermuda-Shorts und einem verwaschenen T-Shirt, außerdem Tennissocken und Sandalen – insgesamt ein Outfit, in dem Mats nicht einmal den Müll rausgebracht hätte, obwohl er seinen Kleidungsstil selbst als eher sportlich-salopp bezeichnet hätte. Der Neuankömmling trug außerdem eine Brille und war erstaunlich glatt rasiert. Insgesamt wirkte er wie ein Tourist, der gleich seine gestohlene Kamera oder das verbaselte Handy melden wollte.

Ungeduld stieg in Mats hoch. Diese Unterbrechung kam ungelegen. Da er sich gerade überwunden hatte, dem kritischen Kollegen seine Theorie zu offenbaren, hätte er das Gespräch gerne fortgesetzt, statt sich um irgendeine Bagatelle zu kümmern.

„Moin“, ergriff Grimm das Wort. „Kommen Sie zu uns! Was können wir für Sie tun?“

„Moin!“ Der Mann trat nur zögernd näher. Er war mittelgroß und braun gebrannt. Ein weiteres Indiz, das für einen Urlauber sprach.

„Wie können wir Ihnen helfen?“, wiederholte Grimm, ohne ungeduldig zu werden.

„Ich habe Sie am Freitag im Fernsehen gesehen.“.

Mats war sofort hellwach. Ganz offensichtlich ging es nicht um einen unbedeutenden Diebstahl, sondern um ihren Fall! Waren sein Instinkt und sein Einfall doch richtig gewesen?

„Sie meinen die Pressekonferenz?“, fragte Grimm – vermutlich, um dem Mann die Scheu zu nehmen, obwohl das bereits klar war.

„Ja, genau“, antwortete dieser.

„Nehmen Sie Platz“, forderte der Kollege ihn auf. „Dann können wir uns in Ruhe unterhalten.“

Der Mann kam der Aufforderung nur zögerlich nach. Mats gingen unwillkürlich Grimms Worte über einen möglichen Zeugen durch den Kopf. Ihr Besucher war zwar zu ihnen gekommen, schien aber nicht wild entschlossen, sein Wissen preiszugeben. Zumindest kostete es ihn Überwindung, das war ganz deutlich zu sehen.

„Wollen Sie ein Glas Wasser?“, fragte er, nachdem der Mann sich auf den Besucherstuhl gesetzt hatte. Es folgte ein kurzes Nicken. Während Mats die Gläser füllte, konzentrierte sich Grimm wieder auf den potenziellen Zeugen. Nachdem er die Kommissare vorgestellt hatte, fragte er ihn nach seinem Namen.

„Nils Böttcher. Ich heiße Nils Böttcher“, antwortete dieser widerwillig.

Das versprach zäh zu werden!

„Gut, Herr Böttcher“, ließ Grimm sich nicht aus der Ruhe bringen. „Sie haben also unseren Zeugenaufruf gesehen. Ist das der Grund, warum Sie jetzt zu uns gekommen sind? Haben Sie etwas beobachtet, das für die Ergreifung des Täters nützlich sein könnte?“ Er ging ungewohnt behutsam vor, vermutlich wollte er den Erfolg des Gesprächs nicht gefährden.

„Ich weiß nicht. Doch ja, ich habe etwas gesehen“, stammelte Nils Böttcher.

Die Kommissare wechselten einen kurzen Blick, während der Befragte einen Schluck Wasser trank.

„Okay. Was genau haben Sie gesehen?“, hakte Grimm nach. „Nehmen Sie sich Zeit.“

Nils Böttcher nickte. „Wissen Sie, ich bin mir nicht sicher, ob es tatsächlich einen Zusammenhang mit dem Mord an der Frau vom Deich gibt, aber es war einfach so merkwürdig. Ich war gleich an dem Abend stutzig geworden und hatte überlegt, ob ich es der Polizei melden sollte. Anderseits gibt es ja viele Bauern hier in der Gegend und nicht jeder legt so viel Wert auf seine Klamotten.“

Das schien auf den vermeintlichen Zeugen ebenfalls zuzutreffen. Ganz offensichtlich brauchte er die lange Vorrede, um den Kommissaren seine Beobachtung offenbaren zu können. Mats hielt sich zurück, obwohl er die Fakten am liebsten aus dem Mann herausgeschüttelt hätte.

„Da haben Sie vollkommen recht“, bestätigte Grimm die Ausschweifungen seines Gegenübers. „Haben Sie eine Person gesehen, die Blut an ihrer Kleidung hatte?“

„Ja, genau. Woher wissen Sie das?“, fragte Nils Böttcher erstaunt.

Grimm lächelte dünn. „Erzählen Sie uns davon“, forderte er ihn auf. „Haben Sie einen Mann oder eine Frau gesehen?“

„Das war auf jeden Fall eine Frau. Sie trug Jeans, Turnschuhe und einen schwarzen Kapuzenpulli ...“

Nicht gerade sommerliche Kleidung, aber das allein musste nichts heißen.

„Und dazu eine große Sonnenbrille“, ergänzte er seinen Bericht.

„Okay. Wo genau haben Sie die Frau gesehen?“, fragte Grimm weiter.

Mats hielt sich zurück und überließ dem Kollegen die Befragung.

„Auf der Deichstraße. Da, wo Sie die tote Frau gefunden haben.“

„Und wo waren Sie?“

„Na, auch auf der Deichstraße. Sonst hätte ich sie ja nicht gesehen!“

„Sie sind ihr begegnet?“ Grimm schien überrascht.

„Ja.“

„Können Sie das etwas genauer schildern? Wo genau sind Sie ihr begegnet und zu welcher Uhrzeit war das?“, fragte Grimm weiter. Obwohl diese Aussage vielleicht der Durchbruch in den Ermittlungen darstellte, waren ihm keine Emotionen anzumerken.

„Das muss so auf halber Strecke zwischen dem Abzweig nach Stufhusen und dem Parkplatz am Westerhever Leuchtturm gewesen sein. Ganz genau kann ich es nicht sagen", antwortete Nils Böttcher zögernd.

„Okay, kein Problem. Und um welche Uhrzeit ist das gewesen?"

„Na, vielleicht so gegen halb acht."

„Vielleicht?", hakte Grimm sofort nach.

„Hhm, jo, ich denke, das kommt hin."

„Warum waren Sie dort unterwegs?", fragte Grimm weiter.

Täuschte sich Mats oder war sein Tonfall eine Spur schärfer geworden?

Nils Böttcher schien es ebenfalls bemerkt zu haben. Sein Augenlid begann zu flackern, sein Blick wirkte ein wenig gehetzt. „Wie meinen Sie das?"

„Nur so. Ist eine abgelegene Gegend. Was hat Sie dort hingeführt?" Grimm versuchte die Atmosphäre wieder zu lockern.

Mats beobachtete den Augenzeugen ganz genau.

„Ich war mit dem Fahrrad unterwegs. Ich mache abends gerne mal ne Radtour", stotterte Nils Böttcher. „Ist schön dort am Leuchtturm. Die Gegend ist sogar in der Saison nicht so überlaufen."

Irgendwas an seiner Aussage störte den jungen Kommissar.

„Wo wohnen Sie denn?", schaltete er sich in die Befragung ein.

„Ich?"

„Ja, Sie!" Es kostete Mats viel Selbstbeherrschung, dem Mann nicht seine gesamte Ungeduld entgegenzuschleudern.

„Äh, ich wohne in Bordelum“, antwortete er zögernd. „Ich verstehe nicht, was das damit zu tun hat.“

„Bordelum bei Bredstedt?“, wollte Mats es ganz genau wissen.

„Ja, gibt es noch ein anderes Bordelum?“, kam die patzige Antwort.

„Ich wollte nur sichergehen. Und da fahren Sie ganz nach Westerhever, um eine abendliche Radtour zu unternehmen? Fernab des Touristenstroms?“

„Ja.“

„Ist es bei Ihnen vor der Haustür – zum Beispiel in Reußenköge - nicht wesentlich einsamer und ruhiger als auf Eiderstedt?“, erhöhte Mats den Druck.

„Kann schon sein“, bestätigte Nils Böttcher lapidar.

Grimm gab Mats ein Zeichen, sich wieder zu beruhigen. „Warum sind Sic dcn ganzen Weg nach Westerhever gefahren, Herr Böttcher? Das sind locker sechzig Kilometer.“

„Ich mag die Gegend dort. Das ist doch nicht verboten. Wollen Sie mich jetzt angreifen oder hören, was ich gesehen habe?“, setzte er sich plötzlich vehement zur Wehr. „Ich kann auch wieder gehen. Habe ich mir ja gleich gedacht, dass es nur Ärger gibt, wenn ich mich bei der Polizei melde!“ Seine Worte bekräftigend erhob er sich von seinem Stuhl und schien gewillt, die Polizeistation zu verlassen.

„So hat mein Kollege es nicht gemeint, Herr Böttcher. Nehmen Sie bitte wieder Platz. Ich möchte sehr gerne hören, was Sie uns zu sagen haben“, versuchte Grimm den Mann zu beruhigen.

Dieser zögerte erneut. Es war offensichtlich, wie gerne er aus der unangenehmen Situation geflüchtet wäre.

„Sie haben nichts zu befürchten. Natürlich können Sie Fahrradfahren, wo Sie wollen. Also: Sie sind einer Frau begegnet, deren Kleidung blutverschmiert war?“, lenkte Grimm den Fokus wieder auf die Aussage des Mannes.

Dieser nickte.

„Haben Sie die Frau erkannt?“ Beide Kommissare hielten unwillkürlich den Atem an.

Wieder nickte Nils Böttcher. „Es war die Tochter der Toten: Nele Carstensen.“

Piet in Friedrichstadt

Montag, den 19. September

Obwohl Kerstin Frahm bereits am Samstag so abweisend zu Emilia gewesen war, ließ sie sich nicht davon abbringen, es am Sonntag erneut zu versuchen, mit ihr zu reden – allerdings wie Piet es ihr prophezeit hatte, mit dem gleichen Ergebnis. Er selbst konnte es sogar verstehen. Immerhin waren sie ohne Ankündigung einfach am Wochenende bei der Anwältin aufgetaucht, die im Grunde keinerlei Veranlassung hatte, ihnen ihre Zeit zu schenken.

Aber auf Emilia wirkte Kerstins Verhalten nicht nur hartherzig, sondern auch verdächtig. Am liebsten wäre sie bereits am Sonntag nach Friedrichstadt zurückgekehrt, um bei Nele etwas über die Freundinnen herauszubekommen, während Piet in den Tiefen des Internets nach weiteren Fakten stöbern sollte.

Ausnahmsweise hatte er sich dieses Mal durchgesetzt. Die großartige Hansestadt sofort wieder zu verlassen, kam für ihn nicht in Frage. Zum einen glaubte er nicht, dass Nele etwas Zielführendes beisteuern konnte, zum anderen wollte er bei diesem herrlichen Wetter einfach den freien Tag mit seiner besseren Hälfte genießen und etwas Abstand zu dem erschütternden Geschehen schaffen.

„Aber über Erik kann sie uns etwas erzählen", brachte Emilia das nächste Argument in die Diskussion, um Piet umzustimmen.

Dieser runzelte die Stirn. „Sie wird uns bei dieser Spur kaum hilfreich sein, meine Liebe. Wenn er überhaupt irgendetwas mit dem Mord an Tessje zu tun hat, dann wohl in Komplizenschaft mit Nele. Wie sollte er sonst an das Vermögen kommen?"

„Oder sie schwebt tatsächlich in Gefahr, weil er sie ebenfalls umbringen will", warf Emilia ein.

„Nur, wenn sie nach wie vor verheiratet sind, keinen Ehevertrag haben und Nele als Erbin in Tessjes Testament eingesetzt ist. Das sind ziemlich viele Eventualitäten."

„Es wäre wichtig, all das herauszufinden", beharrte sie auf ihrem Vorhaben.

„Ja, aber nicht heute. Ich verordne uns hiermit einen freien Tag. Lass die Polizei ihre Arbeit machen. Morgen steigen wir meinetwegen wieder in den Fall ein."

Am Ende hatte er sich durchgesetzt und Emilia ließ sich auf sein Touristenprogramm ein. Besonders angetan war sie von der Bootsfahrt über die Alster und durch die Fleete, die Hamburg von einer ganz anderen Seite zeigten. Entspannt kehrten sie am Sonntagabend nach Hause zurück.

Am Montag gab es für Emilia kein Halten mehr. Insgeheim amüsierte sich Piet über ihren Enthusiasmus. Sie ließ sich nicht mehr davon abzubringen, bereits am Vormittag nach Bredstedt zu Carolyn Holthusen aufzubrechen.

„Sie wird jetzt im Unterricht sein“, bemerkte er trocken, als sie in großer Eile ihr Frühstück herunterschlang.

„Ja, dann erwische ich sie wenigstens in der Pause und kann mich mit ihr verabreden.“

„Es sei denn, sie will nicht mit dir sprechen.“

„Sabine war ja auch aufgeschlossen“, verteidigte Emilia ihren Standpunkt.

„Ja, das war sie. Aber was hat dir das Gespräch gebracht?“

„Es gibt da was. Das sagt mir meine Intuition. Bitte grab im Internet nach weiteren Informationen. Geh weiter zurück in die Vergangenheit“, blieb Emilia beharrlich.

„An was denkst du dabei?“, fragte Piet ergeben.

„Ich weiß es nicht, aber alles, was wir bisher haben, ist irgendwie nicht schlüssig.“

„Doch, im Zusammenhang mit dem Notartermin kann ich mir das eine oder andere Szenario vorstellen. Du magst Nele und willst sie unbedingt entlasten, oder?“

„Ja, das auch. Natürlich nur, wenn sie unschuldig ist. Aber Kerstins abweisende Art finde ich verdächtig. Ist immerhin eine spannende Recherche. Vielleicht können wir darüber unseren nächsten Krimi schreiben.“

„Netter Versuch, mich zu ködern, aber das ist nicht dein Hauptaugenmerk!“, durchschaute Piet ihr Argument.

„Das stimmt. Unterstützt du mich trotzdem?“

„Wie hieß Tessje eigentlich mit Mädchennamen?“, gab er schließlich nach.

„So weit willst du zurückgehen?“

„Du gibst ja ohnehin keine Ruhe, bis wir ihr ganzes Leben durchleuchtet haben. Also?“

„Sander. Ihr Mädchenname ist Sander“, antwortete Emilia und küsste ihren Mann. „Vielen Dank. Ich weiß es zu schätzen.“

„Aber ich will keine Klagen hören, wenn ich mit dem Manuskript nicht fertig werde“, frotzelte er besänftigt.

„Versprochen! Ich bin ja heute Nachmittag wieder da. Notfalls lege ich eine Nachtschicht ein“, zwinkerte sie ihm zu. „So, jetzt muss ich aber los.“

Also stürzte sich Piet auf die Recherche im Internet. Auch wenn Emilia anderer Meinung war, glaubte er eher an Neles Beteiligung an der Tötung von Tessje, auch wenn die Vorstellung eines Mordes an der eigenen Mutter erschütternd war. Im ersten Schritt wollte er herausfinden, was es mit dem Exmann Erik auf sich hatte. Da der Familie trotz Tessjes Rückzug aus der Öffentlichkeit eine gewisse Aufmerksamkeit zuteilwurde, war über Neles Hochzeit vermutlich mindestens in den lokalen Medien berichtet worden.

Bereits eine halbe Stunde später betrachtete er zufrieden seine Notizen: Erik Neumann war fünfunddreißig Jahre alt und als freier Versicherungsmakler tätig. Wie erfolgreich er in seinem Beruf war, konnte Piet von den Einträgen im Netz nicht ableiten. Das brachte Emilia bestimmt in einem persönlichen Gespräch mit Nele oder Erik selbst in Erfahrung. Allerdings schien er nicht nur eine Sportskanone, sondern auch ein echter Sonnyboy zu sein. Gern strahlte er in jede Kamera, damit die Artikel über seine sportlichen Leistungen mit entsprechenden Fotos ergänzt wurden. Piet war solches Imponiergehabe zuwider. Selbst in seinen jungen Jahren war er eher zurückhaltend aufgetreten.

Das allein machte Erik zwar unsympathisch, allerdings kaum mordverdächtig. Natürlich war es denkbar, dass er sich an Nele herangemacht hatte, um an dem Vermögen der Familie zu partizipieren. Die Frage war nun: Hatte er die junge Frau wirklich betrogen und damit einen Grund für eine Trennung geliefert, weil Tessje ihre Tochter knapphielt und er keine Chance sah, zeitnah an das Geld heranzukommen? Oder war die nicht standesgemäße Verbindung ein weiterer Grund, Nele den Geldhahn endgültig zuzudrehen?

Darüber fand er nichts heraus. Vielleicht war die Trennung nur ein Fake, um Tessje wohlwollend zu stimmen. Hatte Nele wirklich eine Testamentsänderung befürchtet? Sah sie ihre Chancen auf das Erbe größer, wenn sie sich zum Schein von Erik trennte? Aber warum hatten die beiden im Anschluss nicht einfach abgewartet, bis Tessje das Zeitliche segnete? Oder war diese vielleicht hinter die Lüge von Nele und Erik gekommen?

Je mehr Piet in Erfahrung brachte, desto mehr Fragen taten sich auf. Seine anfängliche Zufriedenheit schlug um. Er rieb sich die brennenden Augen und beschloss eine Pause einzulegen. Vielleicht sollte er im Anschluss lieber in Tessjes Leben graben. In der Regel konnten sie Emilias Instinkt vertrauen.

Nach einem Essen war Piet in großer Versuchung, sich für einen kleinen Mittagsschlaf aufs Ohr zu hauen, entschied sich jedoch, der Versuchung zu widerstehen und seine Müdigkeit stattdessen mit einem Spaziergang zu vertreiben. So sehr er den Ausflug nach Hamburg genossen hatte, sein Herz schlug für das Holländerstädtchen zwischen Eider und Treene, das mittlerweile seine Heimat geworden war. Nicht nur die niederländische Backsteinrenaissance und die Grachten faszinierten ihn bei jedem Rundgang durch den friedlichen Ort. Auch die vorherrschende Toleranz erfüllte ihn mit Zufriedenheit und verstärkte seinen Glauben an das Gute im Menschen.

Insofern nahm er seine Recherche in dem Mordfall nach der Pause etwas widerwillig auf. Viel lieber hätte er sich mit dem Romanmanuskript beschäftigt, in dessen Mittelpunkt zwar ebenfalls Kapitalverbrechen standen, die aber eben lediglich fiktiv und zur Unterhaltung ihrer Leser erdacht waren.

Stunde um Stunde kämpfte er sich durch das Leben von Tessje Carstensen und war dabei erstaunt, was die Medien alles über Menschen schrieben, die in der Öffentlichkeit standen. Immerhin war das Ehepaar lediglich semiprominent gewesen. Allerdings schien nichts davon für die Ermittlung maßgeblich zu sein.

Schon wollte er seine Nachforschung beenden, weil es kaum vorstellbar war, dass Geschehnisse, die Jahrzehnte in der Vergangenheit lagen, mit den aktuellen Vorkommnissen in Zusammenhang standen, da erregte ein Artikel seine Aufmerksamkeit: ‚Abiturientin spurlos verschwunden' titelte ein ziemlich reißerisch aufgemachter Bericht, der nach Eingabe der Namen der vier Freundinnen sehr weit oben in der Suchmaske stand. Piets Interesse war neu geweckt. Ob es einen Zusammenhang zu dem aktuellen Fall gab, wagte er zu bezweifeln, hielt aber diesen Stoff spontan für eine ausgezeichnete Romanidee. Bestimmt würde es Emilia glücklich machen, wenn er ihr mehr davon berichten konnte.

Erschrocken zuckte Piet zusammen, als er die Berührung an seiner Schulter spürte.

„Na, du bist aber in deine Arbeit vertieft“, begrüßte ihn eine lachende Emilia. „Was fasziniert dich denn dermaßen? Ich habe mehrmals von unten gerufen und dachte schon, du wärst gar nicht da.“

„Oh, moin meine Liebe, wie schön, dass du schon zurück bist!“, freute sich Piet beim Anblick seiner gut gelaunten Frau.

„Schon? Ich dachte, du würdest mich längst vermissen! Aber da habe ich mich offensichtlich getäuscht! Es ist fast halb sechs.“

„Tatsächlich? Die Zeit ist wie im Fluge vergangen.“

„Dann hast du wohl was Interessantes herausbekommen. Willst du es mir erzählen?“, fragte sie gespannt.

Anscheinend hatte sie selbst keine berauschenden Neuigkeiten mitgebracht. Selten ließ sie ihm den Vortritt, was nie böse gemeint war.

„Gern“, bestätigte er lächelnd. „Setzt du uns einen Tee auf? Dann bin ich gleich bei dir. Ich will eben etwas abschließen.“

Emilia hatte mit hochgelegten Beinen in einem der wuchtigen Ohrensessel ihrer Leseecke Platz genommen und war kurz davor wegzuschlummern. Piet betrachtete sie liebevoll. Was für ein Glück er hatte, ihr begegnet zu sein und ihr Herz gewonnen zu haben!

„Da bist du ja“, blinzelte sie ihn an. „Setz dich, ich kann es kaum erwarten, deinen Bericht zu hören!“

„War dein Tag nicht erfolgreich?“

„Später!“, wiegelte sie ab.

„Wie du willst“, erklärte er sich einverstanden, bevor er mit den Fakten über Erik Neumann begann.

Emilia lauschte seinen Worten, wiegte ihren Kopf und stimmte ihm schließlich zu. „Hhm, ja, schwer zu sagen, ob es da einen Zusammenhang gibt. Ich spreche Nele morgen darauf an. Überhaupt erstaunlich, dass sie sich gar nicht gemeldet hat“, überlegte sie weiter. „Egal, darum kümmere ich mich später. Was hast du außerdem?“

Piet musste unwillkürlich lachen. Seine Frau hatte ihn natürlich durchschaut. Für die paar Informationen hätte er nicht den ganzen Tag am Bildschirm hocken brauchen. „Tatsächlich bin ich heute Nachmittag auf eine uralte Geschichte gestoßen, die alle vier Frauen betrifft. Allerdings halte ich es für fraglich, ob es einen Zusammenhang mit dem Mord an Tessje gibt.“

„Erzähl es mir trotzdem. Alles kann wichtig sein!“, forderte Emilia ihn sofort auf.

„Also gut. Die vier Freundinnen sind bereits seit ihrer Schulzeit eine Clique. Kurz nach dem Abitur ist eine Mitschülerin spurlos verschwunden. Ihr Name war Martina Schmidt“, fing Piet seinen Bericht an.

„Kurz nach dem Abitur? Du meine Güte! Das ist ja ...“

„Neununddreißig Jahre her, ich weiß“, ergänzte Piet den Satz, als Emilia überlegen musste.

„Das ist lange“, stellte sie nüchtern fest. „Aber natürlich kann es trotzdem eine Verbindung geben. Vermutlich war da etwas, weswegen du tiefer gegraben hast.“

„So ist es. Der Fall wurde anfangs in der Presse ganz groß aufgebauscht, wie das immer bei verschwundenen Kindern oder Jugendlichen ist. Es stellte sich aber schnell heraus, dass Martina schon länger davon gesprochen hatte, nach dem Schulabschluss erst mal ein Jahr um die Welt reisen zu wollen, bevor sie sich in eine Ausbildung oder ein Studium stürzte“, setzte er seine Erzählung fort.

„Lass mich raten: Insbesondere die vier haben damals von Martinas Plänen berichtet“, mutmaßte Emilia.

„Du bist eine gute Spürnase“, bestätigte er schmunzelnd. „Ja, genau so war es. Das allein ist nicht verdächtig. Ich habe daraus aber geschlossen, dass Martina ebenfalls zu der Clique gehörte.“

„Vielleicht hat sie es einfach in die Welt hinausposaunt. Wenn die in einer Klasse waren, haben sie es eben mitbekommen“, relativierte sie Piets Aussage.

„Das ist ein guter Einwand. So schnell wollte ich mich natürlich nicht zufriedengeben und habe weitergelesen. Es gab einen Reporter, dem es wohl ähnlich ging. Er hat die jungen Frauen in einzelnen Interviews befragt. Die habe ich miteinander verglichen und dabei ist mir aufgefallen, wie sehr sich die Aussagen ähneln. Immer wieder wurden genau die gleichen Formulierungen verwendet.“

„So, als hätten sie sich abgesprochen und die Sätze einstudiert“, vervollständigte Emilia den Satz.

„Genau! Die meisten Journalisten haben nach Wochen und Monaten das Interesse verloren. Der Fall wurde zu den Akten gelegt, es gab keinen nachhaltigen Verdacht, der auf ein Verbrechen hinwies.“

„Aber der eine Reporter ist drangeblieben“, fiel Emilia ihm wieder ins Wort, was er mit einem Lächeln quittierte.

„Ja. Er hat Monate und Jahre später weiter das Umfeld von Martina beobachtet und die Menschen befragt“, bestätigte Piet. „Dabei sind ihm merkwürdige Dinge aufgefallen.“

„Ich bin ganz Ohr!“

„Martina hat sich nie bei ihrer Familie gemeldet. Insbesondere zu ihrer Mutter hatte sie ein enges Verhältnis, was im Alter von neunzehn Jahren nicht unbedingt typisch ist. Sie war zwar freiheitsliebend und wollte gerne dieses Auslandsjahr erleben, aber ihre Mutter war der festen Überzeugung, dass sie zumindest in unregelmäßigen Abständen geschrieben hätte, wenn das Telefonieren vielleicht zu teuer war. Vor neununddreißig Jahren galten noch andere Tarife“, führte Piet weiter aus.

„Hhm, vielleicht ist ihr kurz nach ihrer Abreise etwas zugestoßen“, überlegte Emilia weiter.

„Das ist natürlich möglich, aber insofern unwahrscheinlich, weil die Eltern dann bestimmt informiert worden wären“, widersprach er.

„Und sie ist nach Ablauf des Jahres nicht wieder aufgetaucht, oder?“, fragte sie, wobei ihre Stimme leicht zitterte.

„So ist es. Martina ist nicht zurückgekehrt und hat nie wieder ein Lebenszeichen von sich gegeben, nicht eine einzige Postkarte. Ihre Mutter meldete sie bereits früh als vermisst, aber sie blieb wie vom Erdboden verschluckt.“

„So etwas passiert immer wieder. Menschen verschwinden aus ganz verschiedenen Gründen. Vielleicht war die Familie nicht so heil, wie die Mutter vorgegeben hat. Möglicherweise hat Martina irgendwo auf der Welt ihr Glück gefunden und einfach ihr altes Leben hinter sich gelassen.“

„Du bist ja heute besonders kritisch“, mokierte sich Piet verschmitzt.

„Ich habe tatsächlich die gleichen Überlegungen wie du angestellt und weiter in der Vergangenheit geforscht, ob es etwas gegeben hat, warum Martina aus freien Stücken verschwunden ist und ihr gesamtes Umfeld im Ungewissen gelassen hat.“

„Es gibt noch mehr?“, fragte sie atemlos.

„Ja. Dabei kann ich allerdings wieder nicht sagen, ob dazu ein Zusammenhang besteht. Es wäre aber möglich: Etwa eineinhalb Jahre vor dem Verschwinden von Martina wurde Carolyn Holthusen angeblich vergewaltigt.“

„Waaaas? Carolyn? Davon hat Tessje nie etwas erzählt!“, rief Emilia aus.

„Na ja, es ist über vierzig Jahre her - wenn es überhaupt der Wahrheit entspricht. Ist nicht gerade ein Thema für ein Kaffeekränzchen. Also, hör zu! Ich mache es kurz: Aufgrund von Carolyns Anzeige wurde ein achtzehnjähriger Mitschüler vor Gericht gestellt, aber nach einem relativ kurzen Prozess mangels Beweisen freigesprochen.“

„Das ist die Pointe?“, fragte sie ungeduldig.

„Nein, die kommt jetzt – vielleicht. Der junge Mann wurde vier Monate nach Ende des Prozesses tot aufgefunden“, teilte Piet seine Rechercheergebnisse.

„Und es war kein Unfall“, riet Emilia.

„Nein, im Gegenteil. Er wurde buchstäblich aufgeknüpft. Ein Spaziergänger hat ihn im Wald gefunden – an einem Baum hängend. Der Mörder hat damit eine Botschaft gesendet und nicht einmal versucht, die Tat wie einen Unfall aussehen zu lassen.“

„Die Leiche wurde nicht verscharrt“, überlegte Emilia. „Glaubst du wirklich, die damals fünf jungen Frauen haben ihn aus Rache, was er angeblich Carolyn angetan hat, ermordet?“, fragte sie erschüttert.

„Ich weiß es nicht. Vielleicht war sie nicht das einzige Opfer, aber die Einzige, die sich getraut hat, Anzeige zu erstatten“, antwortete Piet.

„Was ihr außer der Demütigung des Gerichtsprozesses nichts eingebracht hat“, ergänzte Emilia.

„Das war auch mein Gedankengang."

„Dann ist der Mörder des mutmaßlichen Vergewaltigers nie gefunden worden?"

„Nein."

„Aber hältst du es für möglich, dass die fünf den Mann an einem Baum aufhängen können?" Emilia schien es sich vorstellen zu wollen und schüttelte schließlich den Kopf.

„Das halte ich für möglich. In einem einsamen Waldstück in der Nacht. Sie können den leblosen Körper mit vereinten Kräften hochgezogen haben. Er baumelte nur ein wenig über dem Boden."

„Sehr plastisch", murmelte Emilia und schüttelte sich fröstelnd. „Was für Abgründe sich da auftun! Kannst du dir Tessje in so einem Szenario vorstellen?"

„Schwer zu sagen, du kanntest sie besser."

„Aber wie haben sie ihn dorthin transportiert?", überlegte Emilia weiter. So schnell war sie von der These nicht überzeugt.

„Ich glaube, sie haben ihn geködert. Eine von ihnen ist als Lockvogel aufgetreten ..."

„Und da ist er nicht misstrauisch geworden?", widersprach sie.

„Vielleicht überwog das Gefühl, sein Ego aufpolieren zu müssen. Auch wenn er freigesprochen wurde, war der Prozess natürlich auch für ihn demütigend. Außerdem sind manche Männer recht simpel gestrickt", ergänzte er schmunzelnd. „Scherz beiseite. Ja, ich kann mir vorstellen, wie sie ihn in den Wald gelockt haben. Dann mit Alkohol abgefüllt und erschlagen. Er war bereits tot, bevor er an dem Baum aufgehängt wurde."

„Das ist brutal und schließt einen Selbstmord aus. Dieser Gedanke ging mir eben durch den Kopf. Ich kann mir

Tessje in so einem kriminellen Szenario wirklich nur schwer vorstellen." Emilia rang deutlich mit der Fassung.

„Willst du den Faden trotzdem weiterspinnen?", fragte Piet vorsichtig.

„Hhm."

Piet ließ ihr einen Moment Zeit, die Informationen zu verarbeiten. Auch wenn Tessje nie zu ihrem engsten Kreis gehört hatte, war es trotzdem eine schockierende Erkenntnis, vielleicht jahrelang mit einer Mörderin befreundet gewesen zu sein. War sie tatsächlich nicht nur Opfer, sondern auch eine Täterin?

„Ich weiß nicht, ob ich mehr verkraften kann", antwortete sie schließlich langsam und atmete einmal tief durch, bevor sie leise weitersprach. „Aber so schlimm es auch ist, wenn das der Wahrheit entspricht, hat Nele mit ziemlicher Sicherheit mit dem aktuellen Mord nichts zu tun. Hast du irgendwelche Hinweise darauf gefunden, ob Martina von den anderen vier ermordet wurde?"

„Nein, natürlich habe ich nichts Konkretes. Das wäre auch wirklich unwahrscheinlich, in ein paar Stunden den Fall durch eine Internetrecherche aufzuklären. Immerhin ist es der Polizei in all den Jahren nicht gelungen", verteidigte sich Piet.

„Ja. Es stellt sich außerdem die Frage, wie intensiv sie ermittelt hat. Der Leichnam wurde nie gefunden. Alle haben die Geschichte von dem freiwilligen Verschwinden geglaubt, obwohl es kein Lebenszeichen von Martina gab. Mal angenommen, die junge Frau ist mit der Schuld nicht zurechtgekommen und wollte ihr Gewissen erleichtern. Gibt es Hinweise auf eine übermäßige Belastung?"

„Was meinst du damit?", fragte Piet interessiert.

„Zum Beispiel einen schulischen Leistungseinbruch. Wenn sie bis zu dem Mord an dem vermeintlichen Vergewaltiger immer eine gute Schülerin war und ihr Abitur dann lediglich mit Ach und Krach geschafft hat, wäre das ein Indiz“, gab Emilia zu bedenken.

„Darüber habe ich nichts gefunden. Aber das bekommen wir heraus. Nehmen wir mal an, es ist so gewesen. Wo könnten die vier verbliebenen Freundinnen die Leiche versteckt haben?“

„Da gibt es hundert Möglichkeiten. Eine solche Spekulation bringt uns jetzt nicht weiter“, widersprach sie vehement.

„Ich hätte da eine Idee. Vielleicht ist das totaler Quatsch, aber wir haben uns doch gefragt, warum Tessje nach ihrer Zeit in New York unbedingt in Stufhusen wohnen wollte, obwohl sie sich genauso ein imposantes Anwesen auf der prominenten Insel Sylt leisten konnte!“

Nele in Husum

Montag, den 19. September

Das Wochenende war irgendwie vergangen, ohne dass sich Nele an Einzelheiten erinnern konnte. Sie hatte sich ganz weit in sich zurückgezogen, wenig gegessen und keine weiteren Nachrichten geschaut. Der Stecker ihres Festnetzanschlusses blieb ausgestöpselt, lediglich das Handy ließ sie eingeschaltet, doch niemand meldete sich bei ihr. Insgeheim hatte sie gehofft, von Emily mit Ergebnissen ihres Hamburgtrips versorgt zu werden, aber die Schriftstellerin rief sie nicht an.

Wie war sie bloß in diese albtraumartige Situation geraten? Seit sie sich den Berufsplänen ihrer Eltern widersetzt hatte, war einfach alles in ihrem Leben schiefgelaufen! Ihre geheime Hoffnung, sich nach dem Tod ihres Vaters, der trotz aller Unstimmigkeiten immer am meisten Verständnis für Neles Wünsche aufgebracht hatte, das Verhältnis zu ihrer Mutter verbessern zu können, erfüllte sich nicht. Tessje war bei Weitem nicht so einsam wie sie selbst und außerdem gewohnt, ihren Willen durchzusetzen, auch wenn es Disharmonie mit ihrer einzigen Tochter bedeutete.

Als Nele Erik kennenlernte, schien dies die Lösung ihrer Probleme zu sein. Er war ein wenig älter, wesentlich erfahrener und selbstsicherer. Mit ihm schien alles leicht und unkompliziert. Er wusste für alles eine Lösung und war davon überzeugt, ihre Mutter würde irgendwann einlenken – spätestens bei ihrer Hochzeit oder wenn sie ihr ein süßes Enkelkind präsentierten. Diese weitreichenden Pläne hatten Nele erst überrascht und schließlich überfordert. Sollte sie sich wirklich auf eine schnelle Hochzeit einlassen? Ging es dabei mehr um den Protest gegen Tessje oder empfand sie für Erik wirklich so viel? Am Ende hatte er alle ihre Bedenken zerstreut und sie mit seiner lebendigen Art und seinem Verwöhnprogramm einfach mitgerissen. Also stimmte sie zu.

Die nächste Ernüchterung folgte, als sie Tessje ihren Bräutigam vorstellte. Wie eigentlich zu erwarten war, entsprach er nicht den Vorstellungen der erfolgreichen Unternehmerin – war natürlich nicht standesgemäß.

Nele erinnerte sich nur zu gut an das Gespräch unter vier Augen, welches dem Antrittsbesuch folgte. Es ginge ihr ja lediglich um das Glück der einzigen Tochter, sie wünschte schließlich das Beste für sie. Ob Nele es sich nicht noch einmal überlegen wolle. Sie könne schließlich auch andere

Männer haben, die besser in die alteingesessene Familie passten und ihr ein ähnlich sorgloses Leben bieten konnten, welches sie von Haus aus gewöhnt war. Nele fühlte sich manipuliert. Erstaunlicherweise bemerkte ihre Mutter nicht die Ironie ihrer eigenen Argumentation. Wenn Tessje nicht selbst so stur gewesen wäre, gäbe es für Nele überhaupt kein finanzielles Problem.

Es schwang also bei dem Ja-Wort eine gute Portion Protest mit, obwohl sich Nele am Tag der Vermählung so glücklich fühlte, wie schon lange nicht mehr. Nach der Hochzeit bezogen sie ein schönes Haus mit Garten, das zwar lediglich gemietet war, aber trotzdem ein gemeinsames Heim darstellte. Nele baute ein Nest und versuchte das Glück zu halten, obwohl es bereits bald nach dem großen Tag zu kriseln begann.

Noch mehr schmerzliche Gedanken, mit denen sie sich eigentlich gar nicht auseinandersetzen wollte. Trotzdem war es einfacher, über eine gescheiterte Ehe nachzudenken, als sich klarzumachen, selbst unter Verdacht zu stehen, die eigene Mutter getötet zu haben.

Wenn sie sich bloß an diesen Abend erinnern könnte! War sie wirklich in Stufhusen gewesen? Konnte es sein, dass sie dabei beobachtet wurde? Würde sich auf diesen Zeugenaufruf jemand bei der Polizei melden? Folgte etwa demnächst ihre eigene Verhaftung?

Wie viel leichter war es dagegen, in eine andere Welt abzutauchen und all diese belastenden Fragen einfach auszublenden!

Am Montagvormittag schaffte sie es seit Tagen zum ersten Mal wieder unter die Dusche. Am liebsten wäre sie zur Arbeit gefahren, um der quälenden Einsamkeit zu entgehen, aber aus Angst, von neunmalklugen Urlaubern angefeindet zu werden, meldete sie sich schweren Herzens krank. Ihre Chefin hatte ihr bereits in der letzten Woche angeboten, ein paar Urlaubstage zu nehmen; insofern traf sie auf Verständnis, was ihr zumindest für den Augenblick ein besseres Gefühl gab. Mit einem Anflug von neuer Energie beschloss sie, wenigstens ihre Küche in Ordnung zu bringen. Angewidert warf sie die zur Hälfte leergegessenen Mikrowellenverpackungen in den Müll, damit sie nicht länger mit den Hinterlassenschaften ihrer Schwäche konfrontiert wurde. Warum hatte sie so wenig von Tessjes Stärke geerbt? Wie oft hatte sie ihre Mutter für ihre Härte beneidet!

Als es an der Tür klingelte, zuckte sie zusammen. Nach allem, was in den letzten Tagen passiert war, konnte das nichts Gutes bedeuten! Am liebsten hätte sie sich gleich wieder im Bett verkrochen, einfach die Decke über den Kopf gezogen und die furchteinflößende Welt ausgeschlossen.

Aber es wurde hartnäckig weitergeklingelt. Obwohl sich alles in Nele sträubte, gab sie schließlich nach. Diesen Terror konnte sie erst recht nicht aushalten! Nachdem sie vorsichtig die Tür geöffnet hatte, schwankte sie zwischen Angst und Erleichterung, als sie in die ernsten Gesichter der Kommissare Sommerfeld und Grimm blickte. Paradoxerweise wäre ihr ein aufdringlicher Reporter in diesem Moment bedrohlicher erschienen. Die Polizei würde sachlich vorgehen und sie nicht in eine Hetzjagd verwickeln. An diese Perspektive wollte sie sich klammern, zumindest bis sie hörte, was sie von ihr wollten.

„Ja?“, fragte sie leise.

Die irreale Hoffnung, dass die Kommissare den Täter mittlerweile gefunden hatten und jetzt hier waren, um ihr davon zu berichten, erfasste Nele. Konnte sich der Verdacht gegen sie nicht einfach in Wohlgefallen auflösen?

„Moin Frau Carstensen", ergriff der Ältere von beiden das Wort. „Wir müssen Sie bitten, uns aufs Revier zu begleiten."

„Warum?", hauchte sie.

„Ein vermeintlicher Zeuge behauptet, Sie am Fundort des Leichnams beobachtet zu haben. Wir möchten Sie dazu befragen. Außerdem wird es eine Gegenüberstellung geben", erklärte er ihr in ruhigem Tonfall.

Plötzlich kroch eine nie gekannte Angst in Nele hoch. Hatte sie sich bisher vor allem Möglichen gefürchtet, musste sie nun ihre gesamte Kraft aufwenden, um nicht in nackte Panik zu verfallen. Entsprach das der Wahrheit oder wollte der wahre Mörder ihr das lediglich anhängen? Ihre Gedanken rasten, ohne ein Bild zu formen. Hatte sie jemanden verärgert oder verletzt? Handelte es sich um Rache oder war sie einfach nur ein herrlich wehrloses Opfer? Die Vorstellung, selbst für den Tod ihrer Mutter verantwortlich zu sein, konnte sie bislang nicht an sich heranlassen. Alle ihre Probleme schienen im Angesicht eines derartigen Vorwurfs klein und unwichtig.

„Möchten Sie etwas mitnehmen? Eine Jacke oder Handtasche?", fragte Grimm in ihre Gedanken hinein.

„Ja. Moment." Selbst damit schien sie überfordert zu sein. Fahrig kramte sie ein paar Dinge zusammen und hätte beinahe ihr Handy vergessen.

Als sie den Kommissaren eine Stunde später in einem nüchternen Besprechungsraum gegenübersaß, fühlte sie sich einfach nur klein, verletzlich und eingeschüchtert. Das Schlimmste, was sie sich je ausgemalt hatte, war eingetreten und sie wusste nicht einmal selbst, ob der Vorwurf der Wahrheit entsprach. Was sollte sie der Behauptung entgegnen? Brachte das bloße Abstreiten sie weiter? Sollte sie lügen oder versuchen, sich ein Alibi zu verschaffen? Würde es ihre Situation weiter verschlimmern, wenn die Kommissare das herausfanden? Bestimmt!

„Wo waren Sie am Dienstagabend der vergangenen Woche, als Ihre Mutter in der Deichstraße niedergestochen wurde?“, fragte Grimm zum wiederholten Male, wobei seine Ausdrucksweise immer drastischer wurde. Ganz eindeutig erhöhte er den Druck.

„Ich weiß es nicht“, flüsterte sie schließlich, weil der Aufbau eines Lügengebildes über ihre Kraft ging. Wen hätte sie da auch mit hineinziehen sollen, um es mit einem falschen Alibi zu versuchen?

„Sie wissen es nicht?“, fragte Grimm ärgerlich. „Junge Dame, ich glaube, Sie begreifen nicht den Ernst der Lage. Ein Zeuge behauptet, Sie mit blutbeschmierter Kleidung am Abend des Mordes in unmittelbarer Nähe der Toten gesehen zu haben. Damit werden Sie schwer belastet. Ich empfehle Ihnen wärmstens, diesen Vorwurf ernst zu nehmen und hier keine Spielchen mit uns zu spielen.“

„Das tue ich nicht“, flüsterte Nele. „Ich kann mich wirklich nicht erinnern. Bisher dachte ich, vor dem Fernseher eingeschlafen zu sein, aber ich kann das nicht bezeugen. Manchmal bin ich mir einfach nicht sicher, ob etwas wirklich passiert ist oder ich es mir bloß einbilde.“

„Gibt es niemanden, der Ihre Aussage bestätigen kann?“, fragte Mats Sommerfeld in einem freundlicheren Tonfall.

Nele schüttelte den Kopf.

Es folgten haufenweise Fragen, die sie alle schon beantwortet hatte. Über ihr Verhältnis zu Tessje, ihren Job, sogar ihre kurze unglückselige Ehe. Glaubten die Kommissare wirklich, dass sie mit Erik unter einer Decke steckte und mit ihm gemeinsam ihre Mutter ermordet hatte?

„Leben Sie getrennt oder ist die Scheidung bereits rechtskräftig?", drang die nächste Frage durch den Nebel ihrer Gedanken.

„Wofür ist das wichtig?", begehrte sie auf.

„In einem Mordfall ist alles wichtig, was zu dem Umfeld des Opfers gehört. In ihrer Position ist es besser, wenn Sie unsere Fragen beantworten", erklärte Grimm mit Nachdruck und strengem Gesichtsausdruck.

„Nein, wir haben uns bislang nicht scheiden lassen. Ich hätte mich längst darum kümmern sollen, habe dafür aber keine Energie aufgebracht. Es wäre außerdem so endgültig gewesen", antwortete sie nachgiebig. Auf keinen Fall wollte sie den Polizisten gegen sich aufbringen.

„Sie haben also gehofft, wieder zueinanderzufinden?", fragte er weiter.

„Vielleicht", gab Nele ehrlich zu. „Manchmal weiß man ja erst richtig zu schätzen, was man hatte, wenn es nicht mehr da ist. Ich dachte, Erik würde es vielleicht ebenfalls so gehen. Am Anfang waren wir sehr glücklich."

„Haben Sie einen Ehevertrag?"

„Nein, auch wenn meine Mutter quasi darauf bestanden hat. Ich wollte mit Erik eine Familie gründen. So ein Ehevertrag ist das reinste Misstrauensvotum. Da kann man es mit der Hochzeit gleich bleibenlassen." Nele fühlte sich in die Enge gedrängt. Schon wieder musste sie ihr Handeln verteidigen. Was ging das eigentlich die Kommissare an? Das war schließlich ihre Privatangelegenheit!

„Sie haben sich also gegen ihre Mutter durchgesetzt und ohne Vertrag geheiratet?“, fragte Grimm nach.

„So ist es!“ Stolz schwang in Neles Stimme mit. Nach wie vor war sie mit dieser Entscheidung zufrieden.

„Sind Sie nie auf die Idee gekommen, Herr Neumann könnte Sie nur wegen des Vermögens Ihrer Familie geheiratet haben?“, setzte Grimm nach, was ihn gleich wieder unsympathischer werden ließ.

Wie satt Nele es hatte, dass immer wieder jemand daherkam und meinte, besser zu wissen, wie sie ihr Leben führen sollte. Das hatte Erik nie mit ihr gemacht. Dafür liebte sie ihn, auch wenn sie sich kurz vor ihrer Trennung nur noch gestritten hatten.

„So ist Erik nicht“, behauptete sie trotzig, obwohl sie das Gespräch am liebsten sofort beendet hätte. „Steht er unter Verdacht? Sonst möchte ich dazu keine weiteren Fragen beantworten.“

„Das ist Ihr gutes Recht. Wenn Sie jedoch unschuldig sind, ist es für Sie von Vorteil, mit uns zu kooperieren.“

Was für eine leere Phrase! Vielleicht sollte sie einen Anwalt verlangen. Darüber hatte sie schon die ganze Zeit nachgedacht, allerdings befürchtete sie, es könne wie ein Schuldeingeständnis wirken. Jetzt bloß keinen Fehler machen, es gab bereits genug zu bereuen!

„Ich habe alle Fragen beantwortet. Bitte lassen Sie mich gehen. Ich habe nichts mehr zu sagen“, bat Nele. Sie spürte, wie ihre Kraft sie verließ.

„Nein, das ist nicht möglich. In Kürze werden Sie zusammen mit vier weiteren Frauen dem Zeugen in einer Gegenüberstellung vorgeführt. Dann sehen wir weiter.“

„Sie können sich allerdings vorher darauf besinnen, Ihr Theater zu beenden und ein Geständnis abzulegen. Das würde Ihre Chancen auf eine Reduzierung der Haftstrafe erhöhen“, brachte Kommissar Grimm sie endgültig aus dem Gleichgewicht.

So dachte er also über sie! Sie war hier nicht in Sicherheit. Die Polizisten standen keinesfalls auf ihrer Seite. Aber wie auch? Nicht einmal sie selbst konnte ausschließen, dass der letzte Streit eskaliert war. Hatte sie wirklich dermaßen die Kontrolle verloren? Ihre Mutter war erstochen worden! War sie selbst mit einem Messer losgezogen, um Tessje auf dem Rückweg ihrer allabendlichen Radtour abzufangen? Oder hatte sie sie im Affekt im Haus erstochen und in der Deichstraße neben dem Fahrrad abgelegt, um den Verdacht auf einen unbekannten Täter zu lenken? Beides war gleichermaßen unwahrscheinlich, aber Grimm schien von ihrer Schuld überzeugt zu sein.

„Dann lassen Sie mich wenigstens Emily anrufen“, forderte sie mit letzter Energie.

„Wollen Sie als Beistand nicht lieber einen Anwalt? Er kann Sie bestimmt besser beraten“, setzte Grimm nach. „Die Schriftstellerin kann Ihnen in dieser Situation nicht helfen.“

„Sie ist die Einzige, der ich vertraue. Bitte lassen Sie mich mit ihr telefonieren“, bettelte Nele.

„Geht in Ordnung. Beruhigen Sie sich. Wenn Sie mit Frau Anderson sprechen wollen, können Sie das nach der Gegenüberstellung tun. Ich rufe sie für Sie an“, redete Mats Sommerfeld beschwichtigend auf sie ein.

Nele spürte ein wenig Erleichterung. Wenn es jemanden gab, der sie aus diesem Schlamassel befreien konnte, dann war das die Freundin ihrer Mutter.

Emilia in Friedrichstadt

Montag, den 19. September

Die Frage, warum Tessje unbedingt in Stufhusen wohnen wollte, hatte Emilia sich im Laufe der Jahre immer wieder gestellt. Dabei war sie einfach zu dem Schluss gekommen, dass die umtriebige Unternehmerin einen ruhigen Gegenpol zu ihrem von Terminen dominierten Leben brauchte. Sie hatte die Freundin nur ein einziges Mal darauf angesprochen. Tessje reagierte damals fünsch. Das Grundstück sei schon ewig im Familienbesitz, sie hätte es von ihrer Großmutter geerbt und würde es herrlich finden, an diesem ruhigen Fleckchen der Halbinsel Eiderstedt ihr Zuhause zu haben.

Das waren alles nachvollziehbare Erklärungen, trotzdem hätte etwas Hochherrschaftlicheres wesentlich besser zu dem Leben des erfolgreichen Paares gepasst. Piets Recherche warf ein neues Licht auf die Beweggründe, Stufhusen als Wohnort zu wählen. Da es im Moment nichts Interessanteres als diesen Fall gab, setzten sie ihr Gespräch am folgenden Tag fort.

„Glaubst du wirklich, dass die vier Frauen den Körper ihrer Freundin auf diesem Grundstück verschwinden ließen, nachdem sie sie getötet hatten?“, fragte Emilia gleichsam fasziniert und fassungslos.

„Es ist bislang lediglich eine vage Vermutung.“

„Wenn das alles bloß nicht so verdammt lange her wäre! Damals kannte ich Tessje noch gar nicht, insofern habe ich daran keine eigenen Erinnerungen“, lamentierte sie.

„Auf dein Gedächtnis ist in letzter Zeit ohnehin nicht immer Verlass“, frotzelte Piet, was ihm einen warnenden Blick einbrachte. „Was hat eigentlich dein Gespräch mit Carolyn Holthusen ergeben? Du warst ziemlich lange unterwegs. Sie scheint also mit dir geschnackt zu haben.“

„Ach, das war nicht so ergiebig, wie ich es mir erhofft hatte.“ Emilia war nicht zufrieden. „Sie hat nur widerwillig mit mir gesprochen, sich sehr kühl gegeben und mir mit demonstrativen Blicken zur Uhr zu verstehen gegeben, wie wenig Zeit sie hat.“

„Okay, aber was hast du herausbekommen?“

„Eigentlich nicht viel. Sie hat geredet, ohne etwas Konkretes zu sagen. Schade, dass ich die Ergebnisse deiner Recherche nicht schon vor den Treffen mit den drei Freundinnen zur Verfügung hatte. Ich versuche gerade, die Aussagen vor dem Hintergrund dieser neuen Erkenntnisse zu bewerten“, überlegte sie weiter.

„Bisher sind es ja lediglich Vermutungen, meine Liebe“, relativierte Piet Emilias Schlussfolgerungen. „Außerdem: Was hätte es dir genutzt? Oder würdest du sie etwa mit diesem Verdacht konfrontieren? Das könnte nach hinten losgehen. Am Ende gerätst du selbst in Gefahr!“

„Wie meinst du das?“

„Na ja. Immerhin geht es primär um die Aufklärung des Mordes an Tessje. Wenn es wirklich einen Zusammenhang gibt, hatte vielleicht eine von ihnen – oder alle drei - Angst, die Unternehmerin würde diese Schuld nicht mit ins Grab nehmen.“

„Natürlich!“, rief Emilia aus. „Deshalb der Notartermin! Sie wollte gar nicht ihr Testament ändern! Im Angesicht ihres bevorstehenden Ablebens wollte sie ihr Gewissen erleichtern und hätte damit die anderen gleich mit ins Verderben gerissen.“

„Klingt dramatisch, aber so könnte es gewesen sein“, stimmte Piet zu.

„Natürlich. Nele hat damit überhaupt nichts zu tun!“

„Es kann genauso ganz anders gewesen sein. Immerhin haben wir einige Verdächtige.“

„Ja, aber keine der Indizienketten war richtig schlüssig“, widersprach sie.

„Das sehe ich zwar nicht so eindeutig, aber du bist nach wie vor auf Neles Entlastung aus, oder?“

„Hhm, ja. Vermutlich. Das allein ist es jedoch nicht.“ Emilia konzentrierte sich auf einen anderen Gedanken.

„Wo sollten die Frauen die Leiche auf dem Grundstück denn versteckt haben?“, konkretisierte Piet die zentrale Frage. „Damals hat Tessjes Oma in dem Haus in Stufhusen gewohnt. Da konnten vier Teenager nicht mal eben den toten Körper ihrer Freundin verschwinden lassen.“

„Das ist der Knackpunkt. Wenn wir dafür die Lösung finden, können wir damit zur Polizei gehen“, überlegte Emilia laut.

„Vielleicht sollten wir das ohnehin tun. Die Kommissare haben andere Möglichkeiten. Es könnte für Nele bedeuten, schnell aus dem Fokus des Verdachts zu geraten.“

„Dafür ist es zu früh. Ich möchte erst in Ruhe darüber nachdenken“, sinnierte Emilia. „Mir spukt ein Gedanke im Kopf herum, den ich nicht zu fassen bekomme. Es hat mit dem zu tun, was du gerade gesagt hast.“

„Mit dem Verstecken des Leichnams?“, hakte er nach.

„Ja, und der Oma, die in dem Haus gewohnt hat ...“

„Das gleiche Haus ist es bestimmt nicht mehr, oder? Tessje und Jens haben bestimmt eine neue und größere Immobilie auf das alte Grundstück gesetzt“, warf Piet ein.

„Natürlich! Genau das ist der Punkt!“ Emilia klatschte begeistert in die Hände.

„Verstehe ich nicht“, gab er unumwunden zu.

„Ich zeige es dir. Als ich neulich in Stufhusen war, habe ich vom Haus und Garten Fotos gemacht. Als ich über das Grundstück spaziert bin, ist mir etwas aufgefallen. Warte eben, ich hole mein Handy. Ich bin gespannt, ob es dir ebenfalls merkwürdig vorkommt.“ Neue Energie durchströmte die Schriftstellerin. Waren sie der Lösung so nah, wie sie es gerade vermutete?

Wie gewohnt zog Piet die Fotos lieber auf den Laptop, um sich auf dem größeren Display alle Details genau anschauen zu können.

„Du könntest mir einfach sagen, was dir aufgefallen ist!“, bemerkte er schmunzelnd.

„Nein. Wenn wir überlegen, mit unseren Schlussfolgerungen zur Polizei zu gehen, sollten wir sicher sein, etwas

Überzeugendes in der Hand zu haben. Es würde mich beruhigen, wenn du auf die gleiche Idee kommst", erklärte sie ihrem Mann, während dieser bereits auf den Bildschirm starrte.

„Dieser Pavillon ist beim Neubau des Hauses nicht erneuert worden", bemerkte Piet schließlich, was Emilia zum Lächeln brachte. Nur mit Mühe konnte sie sich zurückhalten, ihre Überlegungen heraussprudeln zu lassen. „Er sieht sogar ziemlich abgewrackt aus, nicht gerade eine Augenweide. Erstaunlich, dass Tessje den nicht abreißen ließ!"

„Oder eben auch nicht!", triumphierte Emilia.

„Du vermutest einen Zusammenhang mit dem Verschwinden von Martina Schmidt? Wo willst du in so einem offenen Bau eine Leiche verstecken?", zeigte sich Piet begriffsstutzig.

„Na, in dem Fundament natürlich. Ich wette, dieser Pavillon ist genau zur gleichen Zeit gebaut worden, als das Mitglied der alten Clique auf eine mysteriöse Weltreise verschwand." Erwartungsvoll guckte sie ihm direkt in die Augen. „Das klingt doch absolut logisch!"

Piet blieb pragmatisch und schien zu zögern, die Euphorie seiner Frau zu teilen. „Du meinst, sie wurde in das Fundament einbetoniert?"

„Du sagst es!"

„Finde ich nicht schlüssig", widersprach er. „Sie hätte genauso auf das alte Fundament eine neue Laube setzen lassen können."

„Ich bin mir sicher, sie wollte kein Risiko eingehen. Stell dir vor, es ist in ebenso desolatem Zustand wie der Rest. Wie sollte sie argumentieren, an dem alten Fundament festzuhalten? Immerhin war sie vom Fach. Vielleicht konnte sie es selbst einschätzen und hat es lieber darauf ankommen lassen, wer zuerst das Zeitliche segnet – der Pavillon oder sie selbst."

„Klingt ja makaber. Vielleicht gibt es alte Fotos, die dokumentieren, wann genau dieses kleine Bauwerk errichtet wurde. Da könnte dir Nele bestimmt weiterhelfen", schlug Piet vor, obwohl er von der Theorie nicht überzeugt schien.

„Gute Idee. Ich rufe sie nachher an. Dabei kann ich gleich mein Gewissen ein wenig beruhigen. Sie wartet bestimmt sehnsüchtig auf ein Lebenszeichen von mir."

„Angenommen, es ist so gewesen, wie wir es uns jetzt zusammenreimen ... Meinst du, alle drei Frauen haben gemeinsam Tessje zum Schweigen gebracht, oder war es nur eine?", fragte er.

„Schwer zu sagen! Wenn sie bis dato alles zusammen ausgeführt haben, sind sie wahrscheinlich dabeigeblieben. Es sei denn, eine von ihnen hat die Nerven verloren, als sie hörte, wie wahrscheinlich Tessjes baldiger Tod ist", überlegte Emilia weiter. „Vielleicht konnte sie die anderen nicht davon überzeugen, einen weiteren Mord zu begehen. Immerhin sind sie alle erwachsen geworden und haben sich ein erfolgreiches Leben aufgebaut."

„Welches keine von ihnen wieder verlieren wollte, nur weil Tessje Carstensen auf dem Sterbebett ihr Gewissen erleichtert – und das nach fast vier Jahrzehnten!", warf er ein.

„Ja, das spricht eindeutig für unsere Theorie!", bestätigte sie.

„Wir sollten wirklich zur Polizei gehen", wiederholte Piet seinen Vorschlag. „An diesem Punkt kommen wir alleine schlecht weiter. Zumindest haben wir nicht die Instrumente wie die Kommissare zur Verfügung. Die drei Frauen sollten professionell befragt werden und ihre Alibis für den Mordabend nachweisen. Und wenn es wirklich einen nachhaltigen Verdacht für das Beseitigen von Martinas Leichnam im Garten der Oma gibt – übrigens eine wirklich entsetzliche, wenn nicht sogar skurrile Vorstellung – dann brauchen wir ebenfalls offizielle Stellen, um das nachweisen zu können. Oder willst du etwa höchstpersönlich den Pavillon abreißen und das Fundament öffnen?“

„Nein, natürlich nicht. Aber wir sind jetzt so weit gekommen. Ich gebe das Ruder nur ungern aus der Hand“, gestand Emilia ein.

Piet lächelte. „Ja, das ist typisch für dich und absolut verständlich. Trotzdem solltest du dich dazu durchringen. Du hast selbst gesagt, dass der junge Kommissar ein großer Fan von dir ist.“

„Von uns!“, lächelte Emilia zurück.

„Ja, meinetwegen auch von uns. Aber du wirst vor Ort präsent sein. Er bootet dich bestimmt nicht komplett aus, wenn deine Hinweise wertvoll sind und zu der Lösung des Falles beitragen“, versuchte Piet sie zu überzeugen.

„Du hast den anderen nicht erlebt. Kommissar Grimm ist genau so, wie sein Name es vermuten lässt.“

„Als ob du damit nicht fertig wirst!“, motivierte Piet seine Frau. „Gib dir einen Ruck. Schließlich ist die schnelle Aufklärung des Mordes an Tessje jetzt das Wichtigste.“

Während Emilia weiterhin überlegte, ob sie Piets Vorschlag sofort folgen oder erst zusätzliche Informationen einholen sollte, klingelte ihr Telefon. Die Husumer Nummer im Display war ihr unbekannt.

„Moin, hier spricht Emilia Anderson“, meldete sie sich automatisch, wobei ihre Gedanken nach wie vor im Stufhusener Garten weilten.

„Moin Frau Anderson. Mats Sommerfeld von der Polizei in Husum“, begrüßte er sie freundlich.

Da wurde ihr wohl gerade die Entscheidung abgenommen, oder gab es eine ganz andere Wende in dem Fall?

„Moin Herr Kommissar. Mein Mann sitzt neben mir. Ich schalte den Lautsprecher ein. Gibt es was Neues?“, fragte sie dann gespannt.

„So ist es. Heute Vormittag hat sich ein Zeuge bei uns gemeldet ...“

„Ein Zeuge, der den Mord an Tessje beobachtet hat?“, fiel Emilia ihm ins Wort, was dieser kommentarlos überging.

„Nein, das nicht. Allerdings belastet er die Tochter des Mordopfers schwer.“

„Nele?“, riefen Emilia und Piet wie aus einem Mund.

„Ja. Der Zeuge meint, Nele Carstensen am Abend des Mordes am Fundort des Leichnams in blutverschmierter Kleidung gesehen zu haben“, gab Mats Sommerfeld das Gehörte wieder.

„Und für wie glaubwürdig halten sie diesen Zeugen? Immerhin ist die Familie Carstensen hier in der Gegend sehr bekannt. Es kursieren immer mal wieder Fotos in der Presse und Nele arbeitet in der Tourismusinformation in Sankt Peter-Ording. Auch darüber ist ihr Gesicht öffentlich“, gab Emilia zu bedenken.

„Wir sind uns dieser Fakten bewusst“, antwortete der Kommissar in ruhigem Ton.

„Trotzdem ist sie eben bei einer Gegenüberstellung identifiziert worden.“

„Das muss nichts heißen. Ein öffentliches Gesicht kann leicht wiedererkannt werden. Wo kommt der Zeuge her?“, fragte sie einer Eingebung folgend.

„Das darf ich Ihnen nicht sagen. Genau genommen habe ich schon mehr geschnackt, als ich wollte." Mats schien zu seiner Bemerkung zu grinsen. „Allerdings hat Nele Carstensen mich gebeten, sie anzurufen. Sie möchte statt mit einem Anwalt gerne mit Ihnen sprechen. Vielleicht können Sie auf sie einwirken, sich lieber einen Rechtsbeistand zu suchen."

„Wo ist sie jetzt?" Ihre Besorgnis wuchs. Wie es aussah, war es der richtige Zeitpunkt, um Piets Empfehlung zu folgen.

„Sie ist hier bei uns auf dem Revier", antwortete Mats Sommerfeld in ihre Überlegungen hinein.

„Okay, ich komme nach Husum. Es gibt da etwas anderes, über das ich dringend mit Ihnen sprechen muss. Mein Mann und ich haben recherchiert und sind auf eine weitere Spur gestoßen", verriet sie dem jungen Kommissar. Unter diesen Voraussetzungen fühlte es sich richtig an, über ihre eigenen Verdachtsmomente zu sprechen.

„Gut, dann erwarte ich Sie hier", verabschiedete er sich, ohne nachzufragen.

Eine Stunde später betrat Emilia die Polizeistation. Piet hatte angeboten, sie zu begleiten, aber beide entschieden schließlich, dass es in Anbetracht von Neles Situation besser war, wenn sie alleine fuhr.

Zuerst wollte sie Neles Wunsch nachkommen und mit ihr sprechen. Die junge Frau wartete bereits voller Ungeduld und machte einen völlig aufgelösten Eindruck.

„Emily! Endlich! Hast du gehört, was passiert ist? Sie werfen mir jetzt wirklich vor, meine Mutter getötet zu haben! Ich weiß gar nicht, was ich machen soll!" Hektisch war sie von ihrem Stuhl aufgesprungen.

Er fiel dabei krachend zu Boden und erschreckte sie zusätzlich.

„Ja, Kommissar Sommerfeld hat mich informiert. Kannst du dich wirklich nicht an den Abend erinnern?“, stieg sie sofort in das Gespräch ein, weil Nele offensichtlich nicht der Sinn nach Small Talk stand. Außerdem wusste sie nicht, wie viel Zeit sie mit der aufgeregten Frau verbringen durfte.

„Nein! Was, wenn dieser Zeuge recht hat? Wie soll es denn nur weitergehen? Ich darf nicht nach Hause. Die Polizei wird meine Wohnung durchsuchen. Wenn sie da wirklich die blutverschmierten Klamotten finden, bin ich geliefert. Dann wandere ich ins Gefängnis. Ich glaube nicht, dass ich das aushalten kann. Wo bin ich bloß hineingeraten?“ Neles Stimme überschlug sich, außerdem kämpfte sie mit den Tränen.

„Versuch dich zu beruhigen“, wirkte Emilia auf sie ein. Am liebsten hätte sie Nele in den Arm genommen, aber sie hielt sich zurück. „Piet und ich haben etwas herausgefunden, was dich entlastet, wenn es der Wahrheit entspricht.“

„Ja? Was denn?“ Nele schöpfte sofort neue Hoffnung.

„Du musst dich gedulden. Ich will erst mit den Kommissaren sprechen. Kannst du dich erinnern, wann Tessjes Oma gestorben ist? Ich meine diejenige, die das Haus in Stufhusen bewohnt hat“, wechselte Emilia das Thema.

„Uroma Gerda?“, fragte Nele verständnislos. „Die ist sehr lange tot. Meine Mutter hat das Haus vor meiner Geburt geerbt.“

„Weißt du, wann genau das war?“

„Über dreißig Jahre ist das auf jeden Fall her. Was hat das mit meiner Festnahme zu tun? Ich verstehe nicht, worauf du hinauswillst.“

„Das erkläre ich dir später. Vertrau mir bitte. Ich weiß nicht, wie lange wir uns austauschen dürfen. Je mehr ich von dir erfahre, umso besser."

„Okay." Nele nickte bestätigend, während ihre Augenlider nervös zuckten.

„Gibt es alte Fotos aus der Zeit mit Oma Gerda?", fragte Emilia weiter. Da das alles vor Neles Geburt passiert war, nütze es nichts, an ihr Erinnerungsvermögen zu appellieren.

„Klar. Alle in unserer Familie haben gerne fotografiert."

„Wo befinden sich diese Fotos?"

„Die müssten im Haus in Stufhusen sein. Meine Mutter hat sie immer wie einen Schatz gehütet. Ich durfte sie nur dort anschauen", antwortete Nele. „Wahrscheinlich sind die ganz alten Bilder in ihrem Arbeitszimmer. Willst du hinfahren? Du weißt ja, wo der Reserveschlüssel liegt."

Emilia verkniff sich einen Kommentar. So wie die Angelegenheit sich entwickelte, war es vermutlich keine gute Idee, im Alleingang das Haus aufzusuchen. Sie wollte sich keinesfalls dem Verdacht aussetzen, Spuren oder Hinweise zu vernichten. Erst einmal galt es abzuwarten, was die Kommissare zu ihrer neuen Theorie sagen würden. Ob das ein ganz neuer Aspekt für die Polizei war?

Aber zuerst konzentrierte sie sich auf Nele. Konnte sie ihr noch irgendwelche Informationen geben, die sie der Lösung des Falles näherbrachte?

„Wie gut kennst du die alte Clique deiner Mutter?", fragte sie ins Blaue hinein.

„Nicht besonders gut", antwortete Nele, ohne die Strategie der Schriftstellerin weiter in Frage zu stellen. „Eigentlich habe ich sie nur auf den Feiern meiner Eltern getroffen – so wie Piet und du."

Das brachte sie also nicht weiter! Emilia überlegte fieberhaft, ob sie Nele zu Erik interviewen sollte. Aber dieser Ansatz schien ihr mittlerweile mehr als abwegig. Darum konnten sich die Kommissare kümmern. Bestimmt lag die Lösung in dem alten Geheimnis der ursprünglich fünf Freundinnen und hatte mit der unglückseligen Vergewaltigung seinen Anfang genommen!

„Kannst du mir nicht sagen, was das alles zu bedeuten hat?“, fragte Nele erneut.

„Das führt jetzt zu weit. Gab es in den letzten Wochen oder Monaten Streit zwischen den alten Freundinnen? Hast du etwas mitbekommen, was anders war als sonst?“, verfolgte Emilia ihre eigene Strategie.

„Nein. Die sind mal zu Besuch gekommen, aber das war Mutters Zustand geschuldet“, antwortete Nele.

„Hat Tessje dir erzählt, wie die Treffen abgelaufen sind? Schien sie danach angestrengt oder verärgert?“

„Nein, sie hat nie darüber gesprochen. Genau genommen litt sie ohnehin ständig unter großen Stimmungsschwankungen. Ich habe da keinen Zusammenhang mit den drei Frauen gesehen. Tut mir leid, dass ich dir nicht weiterhelfen kann.“ Nele schien betrübt.

„Schon gut. Wir bekommen es schon heraus“, versuchte Emilia sie wieder zu beruhigen. „Bleib tapfer. Ich tue, was ich kann, um dich schnell aus dieser schrecklichen Situation zu befreien. Nach meiner Einschätzung solltest du dir trotzdem einen Rechtsanwalt nehmen. Er kann dich beraten und mental unterstützen.“

„Das sieht doch wie ein Schuldeingeständnis aus!“, jammerte Nele.

„Nein, keinesfalls. Soll ich mich darum kümmern oder kennst du einen Anwalt?“, fragte Emilia.

„Einen, der auf Mord spezialisiert ist?“, regte sie sich auf. „Entschuldige, ich bin echt am Limit. Ja, wenn du einen für mich anrufst, wäre ich dir dankbar. Vielleicht muss es ja nicht sofort sein. Sprich erst mit den Kommissaren über deine Vermutung. Wenn nichts dabei herauskommt, brauche ich vermutlich wirklich einen Rechtsbeistand.“

„Okay, so machen wir es“, bestätigte Emilia.

In das folgende Schweigen hinein öffnete sich die Tür und Mats Sommerfeld erschien.

„Ihre Besprechungszeit ist vorbei. Wollen Sie jetzt mit uns über Ihre Recherche reden, Frau Anderson?“

Mats in Husum

Dienstag, den 20. September

Mats hatte es gar nicht abwarten können, Emily Anderson endlich zu holen, um sich ihren Bericht anzuhören. Er selbst war neben der Internetrecherche am Wochenende erneut am Fundort des Leichnams gewesen. Dabei hatte er sich das Gebiet zwischen Stufhusen und dem Westerhever Leuchtturm genau angeschaut, um vielleicht verwertbare Spuren zu finden.

Seit dieser Zeuge aufgetaucht war, hatte er sich selbst immer wieder kritisch hinterfragt, denn natürlich wollte er sein Urteil auf Basis der Fakten fällen.

Trotzdem musste er gestehen, an der Glaubwürdigkeit des Mannes zu zweifeln. Die Geschichte von den blutverschmierten Klamotten war irgendwie platt. Und fuhr jemand tatsächlich mit dem Auto von Bredstedt nach Westerhever, um dort zu radeln, weil er die Einsamkeit liebte? Insbesondere dieses Argument war in Mats Augen alles andere als schlüssig. Weiter im Norden gab es so viel Einöde, das passte einfach nicht! Und überhaupt hatte der Zeuge eine merkwürdige Ausstrahlung gehabt. Sein Bericht wirkte einstudiert. Außerdem zupfte er die ganze Zeit der Unterredung nervös an seiner Kappe, die er immerhin abgenommen hatte.

Oder hatte er selbst Partei für Nele ergriffen und war deshalb nicht offen für eine derartig belastende Aussage gegen die hübsche Frau, die so hilflos wirkte? Spielte sie tatsächlich Theater, wie Grimm es vermutete, und setzte gezielt ihre weiblichen Waffen ein?

Mats war gespannt, was Emily Anderson zu dem Fall beitragen konnte. Als Schriftsteller waren sie und ihr Mann sicherlich Rechercheprofis, aber konnten ihre Amateurermittlungen in der Realität nützlich sein? Ihm war absolut bewusst, wie gerne er ihr Glauben schenken wollte, weil er sie als Autorin verehrte und gerne ihre spannenden Krimis schmökerte.

Nun, mit Grimm an seiner Seite hatte er auf jeden Fall einen kritischen Gegenpol, der vermutlich völlig frei von Gefühlen urteilte.

Ungeduldig hatte er auf seinem Schreibtisch herumgetrommelt und alle dreißig Sekunden zur Uhr geguckt, bis der Kollege ihm befahl, sich endlich zusammenzureißen. Äußerlich war er der Aufforderung gefolgt, aber innerlich stieg seine Unruhe von Minute zu Minute.

Gespannt lauschte er schließlich Emily Andersons ausführlichem Bericht, der nicht – wie erwartet – nur einen Verdächtigen ins Visier nahm, sondern wesentlich umfassender war.

Auf das Sylter Bauprojekt war er bei seinen eigenen Nachforschungen ebenfalls gestoßen, hatte allerdings nicht die Verbindung zu Jens Carstensens Tod geknüpft. Ganz schlüssig schien die Schriftstellerin den Ansatz selbst nicht zu finden, wollte aber alle Aspekte zur Sprache bringen.

Auch Neles Ehemann - Erik Neumann - war ihr verdächtig vorgekommen, allerdings schien es dabei auf eine Komplizenschaft mit Nele hinauszulaufen.

Schließlich kam sie zu dem Ansatz, dem sie die größte Brisanz beimaß. Sowohl Mats als auch Volker Grimm hielten den Atem an, als sie über die uralte Vergewaltigung berichtete und darauf Stück für Stück ihre Argumentation aufbaute.

„Das scheint mir aber sehr weit hergeholt“, tat der ältere Kollege sofort seine Skepsis kund. „Außerdem haben wir einen Augenzeugen, der ihre junge Freundin stark belastet. Warum sollten wir uns auf so eine hanebüchene Theorie einlassen?“

In Mats wallte Unmut auf. Ging es Grimm lediglich um eine schnelle Verurteilung, weil er die Arbeit scheute, die das Aufwickeln eines so alten Falles mit sich brachte oder entsprach das wirklich seiner Überzeugung?

„Ich finde die Ausführungen von Frau Anderson absolut schlüssig und würde sie gerne vor Ort überprüfen“, widersprach Mats.

„Den Pavillon abreißen und das Fundament aufkloppen?“, echauffierte sich Grimm.

„Ja, wenn nötig auch das. Da er ja ohnehin ziemlich baufällig ist, stellt das keinen Verlust für die Nachwelt dar. Ich war am Wochenende selbst vor Ort und habe mir den Garten angeschaut. Dieser alte Pavillon wirkt wie ein Fremdkörper, das ist mir gleich aufgefallen. Ich habe mich gefragt, warum er nicht längst abgerissen wurde und diese Erklärung könnte sehr gut passen.“ Mats fühlte Entschlossenheit, notfalls gegen den Willen des Kollegen, den nötigen Beschluss zu beantragen. „Ihr sogenannter Augenzeuge hat lediglich Blut gesehen. Jedenfalls glaubt er, es habe sich um Blut gehandelt. Mich hat er mit seinem unsicheren Auftritt ohnehin nicht überzeugt. Sie hingegen tun so, als hätte er den Mord höchstpersönlich beobachtet.“

„Sie sollten sich ein bisschen mäßigen“, forderte Grimm, schien aber die Worte des Kollegen immerhin in seinem Kopf zu bewegen.

„Ich werde Durchsuchungsbeschlüsse für Neles Wohnung und den gesamten Besitz der Toten beantragen“, nutzte Mats den Moment, in dem Grimm sich ein wenig für den Ansatz öffnete. „Wir können außerdem den Notar befragen und Zugang zu einem möglichen Bankschließfach erwirken. Bestimmt verfügte Tessje Carstensen über so etwas.“

„Es ist auf jeden Fall vielversprechend, diesen Ansatz weiter zu verfolgen. Sind Sie überzeugt von der Glaubwürdigkeit des Zeugen? Warum hat er sich erst jetzt gemeldet und nicht gleich am nächsten Morgen? Haben Sie die Möglichkeit in Betracht gezogen, von dem wahren Mörder mit dieser Aktion in die Irre geleitet zu werden? Was, wenn der angebliche Zeuge eine Falschaussage gemacht hat, um Nele zu belasten. Vielleicht soll damit von diesem alten

Verbrechen abgelenkt werden." Emily Anderson redete sich in Rage.

Mats bewunderte das Engagement der Frau, die sich so selbstlos für die Tochter ihrer ehemaligen Freundin einsetzte.

„Ich halte diese alte Geschichte für konstruiert und nach all den Jahren schwer nachweisbar", mokierte sich Grimm weiter, ohne auf den Einwand der Schriftstellerin einzugehen. „Angenommen, Sie finden die Reste des Leichnams in dem Fundament. Damit haben Sie weder einen Hinweis auf die Täterin, noch auf einen Zusammenhang mit dem Mord an Tessje Carstensen."

„Vielleicht finden wir alte DNA-Spuren an dem Leichnam, die uns zu der Mörderin führen", übernahm Mats das Antworten. „Lassen Sie uns diese Untersuchung vornehmen. Es geht schließlich um das Leben einer jungen Frau. Wollen Sie etwa die Verantwortung für ein Fehlurteil gegen Nele Carstensen übernehmen?"

Der angegriffene Kommissar kniff die Augen zusammen. Einen Moment befürchtete Mats zu weit gegangen zu sein. Emily Anderson schien den Atem anzuhalten und ebenfalls gespannt auf Grimms Antwort zu warten.

„Also gut", gab dieser schließlich nach. „Aber Sie kümmern sich um den Papierkram!"

Am nächsten Morgen lagen alle Beschlüsse vor. Mats war selbst zu dem Richter gefahren, um ihn von allen Details sowie der Dringlichkeit des Falles in Kenntnis zu setzen.

Obwohl Grimm sich gegen die erneute Durchsuchung des Grundstückes ausgesprochen hatte, verzichtete er keineswegs darauf, dabei zu sein, wenn der Pavillon und das darunterliegende Fundament aufgebrochen wurden.

Neles Wohnung delegierte er an die Spurensicherung. Schließlich trommelte er ein relativ großes Team zusammen, das nach Stufhusen kommen und die Kommissare bei den umfangreichen Arbeiten unterstützen sollte. Mats hatte Emily Anderson versprochen, sie per SMS zu informieren, wann es losging. Er verstand, dass sie mit eigenen Augen sehen wollte, ob ihre Idee zum erwünschten Ergebnis führte. Außerdem konnte es in seinen Augen nicht schaden, sie auch heute dabeizuhaben. Zum einen verfügte sie über einen scharfen Verstand, zum anderen war sie mit dem Opfer befreundet gewesen, wodurch sie ergänzende Informationen beitragen konnte, zu denen die Polizei sonst nur erschwerten Zugang hatte. Und natürlich fand er es spannend, sich weiter mit ihr zu unterhalten. Ja, er war ein Fan und er stand dazu.

Vor Ort war ihr die Ungeduld anzusehen. Zu gern hätte Emily Anderson die Ärmel aufgekrempelt und selbst nach dem Leichnam gegraben oder im Haus nach den Fotos gesucht. Aber sie hielt sich zurück und wartete, was die Kollegen buchstäblich zu Tage fördern würden.

Am spannendsten war natürlich der Abriss des Pavillons. Auch wenn dieser beileibe keine Augenweide mehr war, hoffte Mats sehr, nicht völlig daneben zu liegen. Es wäre peinlich, das kleine Bauwerk völlig umsonst in Schutt und Asche legen zu lassen.

Schließlich hielt der Kommissar es nicht mehr aus, einfach nur wartend daneben zu stehen.

„Wollen wir kurz auf den Deich und uns ein wenig den Wind um die Nase wehen lassen?“, fragte er Emily Anderson, die genauso unruhig von einem Fuß auf den anderen trat. „Das Wasser ist aufgelaufen. Dieser Anblick wirkt meistens beruhigend, wenn meine Nerven angespannt sind."

„Gern, aber machen Sie sich keine Sorgen. Wirklich schade ist es um dieses alte Monster so oder so nicht. Er ist nicht nur alt und hässlich, er steht außerdem ungünstig zum Haus und verschattet einen Teil des Gartens, den man viel besser nutzen könnte. Außerdem bin ich von der Richtigkeit unserer Annahme überzeugt. Und Nele wird es genauso sehen. Selbst wenn wir keine sterblichen Überreste von der fünften Freundin finden, wird sie Sie bestimmt nicht auf Schadenersatz verklagen, weil das Ding gleich weg ist." Emily Anderson lächelte ihm aufmunternd zu. „Kommen Sie, von dort oben haben wir den Fortschritt des Abrisses genauso gut im Blick wie von hier. Ich selbst liebe den Blick über die Weite der Nordsee genauso wie Sie. Und hier ist es trotz der Hauptsaison nicht so überlaufen wie in St. Peter."

Gemeinsam erklommen sie den Deich. Die Schriftstellerin legte ein forscheres Tempo vor, als Mats ihr zugetraut hätte. Einen wirklich sportlichen Eindruck machte sie nicht, schien allerdings bei Erreichen der Deichkrone nicht aus der Puste.

Eine Weile betrachteten sie schweigend die Nordsee, die in sanften Wellen an das Ufer rollte. Möwen ließen sich auf den Strömungen des leichten Windes treiben, vereinzelnd wurden ihre Schreie zu ihnen getragen. Ab und zu warf Mats einen Blick über seine Schulter, um ja nichts zu verpassen, was in dem Garten vor sich ging. Schließlich wurde das schwere Gerät ausgeschaltet und einer der Techniker winkte ihnen zu. Die Suche schien erfolgreich verlaufen zu sein.

„Kommen Sie. Ich glaube, sie haben etwas gefunden."

Obwohl sie schnell die Abrissstelle des Pavillons erreichten, war Volker Grimm ihnen zuvorgekommen. Gerade zeigte einer der Techniker dem Kollegen, was sie in dem aufgebrochenen Fundament freigelegt hatten. Kurz wallte Unwillen in Mats auf. Ausgerechnet Grimm, der diese ganze Aktion bis zum letzten Moment in Frage gestellt hatte, durfte den ersten Blick auf den Fund werfen! Das erschien dem jungen Kommissar unfair.

Er ließ sich jedoch schnell wieder besänftigen, als der kritische Kollege ihm und ebenso Emily Anderson seine Anerkennung zollte.

„Ich gebe zu, nicht erwartet zu haben, hier etwas zu finden, was auch nur im Entferntesten mit unserem Mordfall in Zusammenhang steht. Aber ich habe mich getäuscht. Das ist gute Arbeit, Kollege Sommerfeld. Vielleicht wird aus Ihnen doch ein guter Ermittler. Gleichzeitig möchte ich mich bei Ihnen bedanken, Frau Anderson. Wie es aussieht, haben Sie uns mit Ihrem Instinkt auf die richtige Spur gebracht. So viel Spürsinn hätte ich einer Krimiautorin gar nicht zugetraut“, äußerte er sich jovial.

Auch wenn Mats sich über die positiven Worte freute, wollte er nun endlich die Details des Fundes begutachten. „Lassen Sie mal sehen“, rief er aufgeregt, während er sich über die ausgehobene Grube beugte.

Emily Anderson stand direkt neben ihm.

„Es handelt sich hier um die Überreste eines Menschen“, erklärte der Techniker. In seiner Stimme klang ein wenig Stolz mit, den Mats eher als unangebracht empfand. „Genaues können wir erst nach der Untersuchung im Labor sagen, aber es wurden außerdem drei Schmuckstücke gefunden: zwei Ohrringe und eine Kette. An diesen Gegenständen könnte das Opfer möglicherweise sehr schnell identifiziert werden, wenn Sie entsprechende Fotos finden oder sie den Angehörigen vorlegen."

„Wurden in Tessje Carstensens Arbeitszimmer bereits die alten Fotoalben gefunden, von denen ihre Tochter gesprochen hat?", fragte Mats aufgeregt.

Alles schien sich plötzlich zusammenzufügen. Bedeutete das bereits die Aufklärung seines ersten Mordfalles? Noch war damit nicht klar, wer der krebskranken Unternehmerin nach dem Leben getrachtet hatte, aber die Verdachtsmomente verdichteten sich.

„Davon weiß ich nichts. Ich war die ganze Zeit hier beschäftigt. Da müssen Sie im Haus nachfragen", gab der Spurensucher bereitwillig Auskunft, bevor er Grimm einen kleinen Plastikbeutel mit den goldenen Schmuckstücken reichte.

„Kommen Sie! Fragen wir nach. Wenn es sich tatsächlich um den Leichnam von Martina Schmidt handelt, müssen wir umgehend noch einmal mit dem Augenzeugen sprechen. Vielleicht hat er uns tatsächlich eine Lüge aufgetischt." Grimm marschierte mit großen Schritten Richtung Haus.

Mats und Emily Anderson folgten.

„Dann können wir auch gleich Carolyn Holthusen vorladen. Sie wohnt ganz in seiner Nähe. Jede Wette, dass sich zwischen den beiden eine Verbindung nachweisen lässt. Wie es aussieht, war das nicht gerade ein genialer Schachzug. Vermutlich hätten wir es ohne diese erfundene Aussage wesentlich schwerer gehabt, sie als Mörderin zu entlarven!" In seiner Begeisterung sah er die Freundin des Opfers bereits verhaftet.

Prompt bremste Grimm ihn aus: „Immer langsam. So weit sind wir noch nicht. Ein Schritt nach dem anderen.

Lassen Sie uns erst den Schmuck als den von Martina Schmidt verifizieren."

Mats nickte zustimmend und schwieg, obwohl er davon überzeugt war, auf diese Weise den Fall aufklären zu können. Es passte einfach alles perfekt zusammen. Carolyn war damals das Vergewaltigungsopfer gewesen und nach allem, was Emily Anderson ihnen berichtet hatte, litt sie nach wie vor unter diesem Martyrium. Nie hatte sie sich auf eine ernsthafte Beziehung einlassen können, nie das nötige Vertrauen zu einem Mann aufbauen können. Nun wollte sie nicht für einen Mord ins Gefängnis gehen, der fast vierzig Jahre zurücklag, nur weil Tessje Carstensen vor ihrem Tod ihr Gewissen erleichtern wollte. Hatte es vielleicht darüber ein Gespräch oder sogar einen Streit zwischen den beiden Frauen gegeben?

Eine halbe Stunde später waren ihnen die ersten Fragen bestätigt worden. In den alten Fotoalben hatten sie nicht nur das Datum des Pavillonbaus gefunden, welches genau mit der Zeit des Verschwindens der fünften Freundin zusammenfiel, sondern außerdem Bilder von der Clique. Martina Schmidt trug immer diesen Schmuck, der einen besonderen Wert für sie zu haben schien. Schon wollte Mats die Alben schließen, um sie als Beweisstücke mitzunehmen, da fiel aus einem ein Umschlag heraus.

„Hoppla, was haben wir denn da?", entfuhr es ihm.

„Zeigen Sie mal", übernahm Grimm wieder die Führung, was Mats zwar nicht in den Kram passte, im Grunde aber egal war. Die Anerkennung, die der ältere Kollege ihm vorhin gezollt hatte, wirkte nach.

Volker Grimm holte ein handschriftlich verfasstes Schreiben aus dem Umschlag. Mats konnte weder erkennen, ob es sich um einen Brief handelte, noch, wie alt es war. Immerhin wirkte das Papier nicht vergilbt. Vermutlich war es also jünger als die Fotos in dem Album.

„Na, das ist ja ein Ding", bemerkte Grimm staunend, was die Spannung bei Mats und Emily Anderson nahezu unerträglich werden ließ.

„Nun sagen Sie schon", forderte Mats seinen Kollegen auf. „Es ist doch nicht etwa ein Abschiedsbrief?"

„Wie kommen Sie denn da drauf? Nein! Es scheint sich um die Vorbereitung für den Notartermin zu handeln. Wie es aussieht, war Nele Carstensen als Erbin für dieses Haus bestimmt. Nun wollte Tessje ihren letzten Willen ergänzen. Sie verfügt hiermit, dass ihre Tochter diesen Besitz nicht verkaufen darf. Dabei soll der Pavillon im Andenken an ihre Oma in dem jetzigen Zustand erhalten bleiben, weil er angeblich eine besondere Bedeutung für die alte Frau hatte, die dieses wunderbar gelegene Grundstück in die Familie gebracht hat. Zitat Ende", murmelte Grimm.

„Zeigen Sie mal!"

„Damit hat Tessje eine Rechtsgrundlage geschaffen. Scheinbar bezweifelte sie die Prognose der Ärzte, was ihre restliche Lebenszeit betraf. Dieses Schreiben wurde bereits vor zwei Monaten aufgesetzt. Vielleicht war sie jetzt erst auf die Idee gekommen, es notariell beurkunden zu lassen", ließ Grimm die anderen an seinen Gedanken teilhaben.

„Sie wollte also die Freundinnen schützen, statt ihr Gewissen zu erleichtern", überlegte Emily Anderson.

„So sieht es aus", bestätigte Grimm.

„Dann ist Carolyn Holthusen völlig grundlos zur Mörderin ihrer Seelenverwandten geworden", überlegte Mats.

„Tja, wenn es wirklich so war", relativierte Grimm die Aussage. „Das müssen wir jetzt erst beweisen."

„Warum hat sie nicht einfach mit Tessje über ihre Ängste gesprochen?“, meldete sich Emily Anderson zu Wort. „Die Frauen waren über Jahrzehnte ein Herz und eine Seele. Warum hat Carolyn ihrer Freundin zugetraut, sich zu Lasten ihrer Freundinnen auf dem Sterbebett zu erleichtern?“

„Das ist ein guter Aspekt“, bestätigte Grimm. „Sehen Sie, Sommerfeld, es sind nach wie vor einige Fragen offen. Auf jeden Fall müssen wir sowohl mit dem selbsternannten Zeugen als auch mit der Frau sprechen. Am besten lassen wir sie durch die örtlichen Kollegen aufs Revier nach Husum bringen. Hier sind wir fürs Erste fertig.“

Bereits am Nachmittag trafen Nils Böttcher und Carolyn Holthusen in Begleitung der örtlichen Polizei von Bredstedt ein. Da Emily Andersons Recherche die Polizisten so zielführend zum Ende der Ermittlung gebracht hatte, stimmte sogar Grimm nach einem kurzen Wortwechsel zu, dass die Schriftstellerin die Befragungen in einem Nebenraum über Video verfolgen durfte.

Sowohl Mats als auch Emily Anderson freuten sich über das Zugeständnis. Vielleicht versprach sich der Kommissar weitere Hintergrundinformationen, vielleicht war er einfach milde gestimmt, weil er selbst kurz davor gewesen war, dem Haftrichter die falsche Person vorzuführen.

„Wir beginnen mit Nils Böttcher“, teilte Grimm seinem jüngeren Kollegen mit. „Ich halte es für wahrscheinlich, dass er umkippt, wenn wir ihn entsprechend unter Druck setzen. Seine Aussage ist möglicherweise für die Befragung der Holthusen nützlich. Außerdem kann die ruhig ein bisschen schmoren. Vielleicht kocht sie das weich. Nach allem, was die Frauen dieser Clique bereits ungesühnt durchgezogen haben, ist sie sich wahrscheinlich überhaupt nicht über die Konsequenzen ihrer Tat bewusst. Wird Zeit, die mal zu verknacken!“

Mats wunderte sich über die ungewohnt harte Ausdrucksweise des Kollegen. Normalerweise hielt er sich mit solchen Statements eher zurück. Noch mehr erstaunte ihn jedoch das folgende Angebot.

„Wollen Sie Nils Böttcher vernehmen? Trauen Sie es sich zu, ihn dazu zu bringen, seine Aussage zurückzunehmen?“, fragte Grimm mit einem Augenzwinkern.

Heute erkannte er den sonst so strengen Volker Grimm nicht wieder. Seine Hartnäckigkeit in Bezug auf den Abriss des Pavillons musste ihm eine Menge Respekt abverlangt haben, insbesondere nach diesem Ergebnis.

„Also, zutrauen würde ich es mir, aber eigentlich sind Sie ja der Bad Cop von uns beiden“, antwortete er übermütig, was ihm ein Stirnrunzeln des Kollegen einbrachte. „Nein, im Ernst. Ich schrecke nicht vor der Verantwortung zurück, aber in diesem Fall hängt zu viel davon ab. Da halte ich es für besser, wenn ich ihn - falls es notwendig sein sollte – mit meinem freundlichen Wesen in Sicherheit wiege, während Sie mit aller Härte durchgreifen. Das wird bestimmt funktionieren und uns gemeinsam den Ermittlungserfolg bescheren.“

Grimm betrachtete ihn skeptisch, war sich offensichtlich nicht sicher, wie er die Aussage des frechen Jungkommissars werten sollte. Schließlich grinste er allerdings und stimmte der Strategie zu: „Also gut. So machen wir es. Sie beginnen mit einigen harmlosen Fragen, um ihn einzulullen. Wenn er sich sicher fühlt, übernehme ich.“

Nils Böttcher erwartete sie verärgert in dem sterilen Befragungsraum. „Wie kommen Sie dazu, mich von meinem

Arbeitsplatz wegzuholen? Noch dazu von Streifenpolizisten! Das ist genau die Aufmerksamkeit, die ich vermeiden wollte. Jetzt wissen Sie, warum ich mich nicht sofort bei Ihnen gemeldet habe!", plusterte er sich auf, wobei seine Gesichtsfarbe mit jedem Satz in einem intensiveren Rotton leuchtete.

Mats und Grimm wechselten einen Blick. Grimm nickte unmerklich, woraufhin Mats das Wort ergriff.

„Ich möchte mich bei Ihnen für die Unannehmlichkeiten entschuldigen, Herr Böttcher. Da Sie aber nicht festgenommen, sondern lediglich als Zeuge in einem wichtigen Mordfall vorgeladen sind, werden sich ihre Arbeitskollegen wieder beruhigen. Immerhin können Sie mit Ihrer Rolle in diesem Verfahren prahlen ..."

Nils Böttcher warf ihm einen prüfenden Blick zu. „So habe ich es bislang nicht gesehen", gab er besänftigt zu. Ganz offensichtlich hatte er keine Ahnung, welche Wende das Gespräch gleich nehmen würde und wiegte sich bereits in Sicherheit. Die Taktik schien aufzugehen. „Sie haben also weitere Fragen? Okay, ich bin der Polizei natürlich gerne behilflich."

„Das freut uns zu hören", lächelte Mats. „Bitte beschreiben Sie uns ganz genau, was die Frau an dem Abend getragen hat, als Sie die Blutflecken auf ihrer Kleidung bemerkten."

„Das habe ich Ihnen doch beim letzten Mal zu Protokoll gegeben. Ich dachte, Sie wollen etwas Neues von mir wissen", regte sich der Befragte erneut auf.

„Dazu kommen wir gleich. Können Sie bitte Ihre Aussage wiederholen? Möglichst so detailliert wie möglich", forderte Mats ihn in ungebrochener Freundlichkeit auf.

„Haben Sie die Sachen gefunden?“, fragte Nils Böttcher erwartungsfroh.

Mats lächelte weiter, obwohl genau das nicht der Fall war. Die Spurensicherer hatten Neles Wohnung auf den Kopf gestellt, aber nichts dergleichen entdeckt. Das war zwar kein Beweis, aber immerhin ein Indiz.

Der mutmaßlich falsche Zeuge fühlte sich wieder sicherer und kam der Aufforderung nach. Aus den Augenwinkeln sah Mats, wie Grimm seine Aussage mit dem Protokoll abglich.

„Das ist haargenau das, was Sie uns gestern gesagt haben“, übernahm dieser.

„Ja klar. Warum sollte ich heute was anderes erzählen?“, bestätigte Nils Böttcher.

„Wort für Wort“, polterte Grimm los, woraufhin der Zeuge zusammenzuckte.

„Ist das ein Problem?“, flüsterte er schließlich eingeschüchtert, ohne aufzublicken.

„In aller Regel ist es dann gelogen“, antwortete Grimm.

Nils Böttcher starrte ihn erschrocken an. „Wie kommen Sie denn darauf?“

„Erfahrung“, parierte der Gefragte pragmatisch.

„Aber warum sollte ich lügen?“, versuchte Nils Böttcher es mit vorgetäuschtem Selbstbewusstsein. „Das würde doch überhaupt keinen Sinn ergeben.“

„Da sind wir ausnahmsweise einer Meinung.“ Grimm legte eine Pause ein und versuchte ebenfalls ein Lächeln, das allerdings ein wenig schief geriet. „Jetzt mal Butter bei die Fische, Herr Böttcher. Was hat Carolyn Holthusen Ihnen versprochen, damit Sie uns dieses Seemannsgarn spinnen?“

Mats beobachtete den Zeugen ganz genau. Bei Nennung des Namens fingen seine Augenlider an zu flattern und er rutschte unruhig auf dem Stuhl hin und her, so als wollte er am liebsten fluchtartig den Raum verlassen.

„Carola Holthaus? Ich kenne gar keine Carola Holthaus", stotterte er unbeholfen herum. Ganz eindeutig war er komplett aus der Fassung gebracht.

„Ja, das glaube ich Ihnen." Grimms Stimme triefte vor Sarkasmus. „Die Dame heißt ja auch Carolyn Holthusen und wir wissen bereits, dass Sie sich aus dem Bredstedter Tennisclub kennen. Sie jobben dort nebenher als Hausmeister. Wie Sie sehen, haben wir unsere Hausaufgaben zwischenzeitlich gemacht. Wollen Sie weiter leugnen, die Frau zu kennen?"

„Frau Holthusen ... aus dem Club ... äh, ja möglich, dass ich ihr schon mal begegnet bin. Die meisten Frauen dort wissen gar nicht, wer ich bin." Nils Böttcher wurde wieder rot.

„Carolyn Holthusen hat Sie aber beachtet, nicht wahr? Schwärmen Sie ein bisschen für sie?", bohrte Grimm nach.

„Das kann man so nicht sagen, aber sie ist immer sehr nett zu mir."

„Und im Gegenzuge wollen Sie einen Meineid schwören und für sie ins Gefängnis gehen?", polterte Grimm ein zweites Mal los.

Böttcher erschrak gleichermaßen vor der Lautstärke und der bedrohlichen Aussage, das war ihm deutlich anzusehen.

„Ich ... nein! Ich will nicht ins Gefängnis!" Er war blass geworden.

„Dann erzählen Sie uns jetzt die Wahrheit. Außerdem bringen Sie mit Ihrer Aussage eine junge Frau auf die Anklagebank, haben Sie darüber mal nachgedacht?“ Grimm ärgerte sich, der gestrigen Aussage des Mannes Glauben geschenkt zu haben.

„Ich … äh. Aber das wollte ich nicht. Carolyn hat gesagt, das ist nur ein Ablenkungsmanöver und Nele Carstensen wird nichts passieren.“

Einen Moment lang starrten Volker Grimm und Mats den Mann fassungslos an. Mit diesem Satz hatte er gerade zugegeben, eine Falschaussage getätigt zu haben. Ihm selbst schien das gar nicht bewusst geworden zu sein.

„Gut, dann erzählen Sie mal von Anfang an“, forderte Grimm ihn schließlich auf. „Wollen Sie ein Glas Wasser?“

Der Mann sackte in sich zusammen, als er seinen Fehler erkannte. Zögernd nickte er und trank das gereichte Glas gierig leer. Dann begann er stockend zu erzählen: „Ich kenne Carolyn bereits seit unserer gemeinsamen Schulzeit. Schon damals habe ich für sie geschwärmt, obwohl sie mir wenig Beachtung schenkte. Meistens war sie ohnehin mit ihrer Clique unterwegs. Ich konnte mir nie verzeihen, dass ich sie nicht vor diesem miesen Vergewaltiger geschützt habe. Sogar aus der Ferne war ihre Qual deutlich zu erkennen, auch Jahre später hat sie darunter gelitten. Wenn ich damals an ihrer Seite gewesen wäre, hätte ich das verhindern können, da bin ich mir sicher!“ Nils Böttcher schüttelte traurig den Kopf.

„Haben Sie den Vergewaltiger umgebracht?“, schleuderte Grimm ihm die nächste Frage entgegen.

„Waaaas? Ich? Nein, Herr Kommissar, trotz meiner Mordswut, die ich damals gespürt habe, bin ich für sowas nicht geeignet. Ich kann kein Lebewesen töten, das versichere ich Ihnen."

„Aber die Polizei belügen, das können Sie."

„Es tut mir leid. Ich weiß, das war nicht richtig", zeigte er sich reuig.

„Gut, dann erzählen Sie uns jetzt, warum Sie sich dazu haben hinreißen lassen. Was hat Carolyn Holthusen Ihnen versprochen?", fragte Grimm in gemäßigterem Tonfall.

Nils Böttcher atmete sichtlich auf und nahm einen weiteren Schluck von dem kühlen Wasser, das Mats ihm neu eingeschenkt hatte. „Sie war voller Angst, für den Tod von Tessje Carstensen verantwortlich gemacht zu werden."

„Warum? Hatte sie etwas damit zu tun?"

Der Gefragte riss die Augen auf. „Sie glauben doch nicht ernsthaft, dass Carolyn eine ihrer besten Freundinnen umgebracht hat."

„Aber die Tochter soll es gewesen sein?", konterte Grimm.

„Ich ... ja, das klingt ebenso abwegig, aber Carolyn meinte, die beiden hatten oft Streit ums Geld und Nele befürchtete, enterbt zu werden. Carolyn wollte nur verhindern, dass diese alte Geschichte wieder in die Presse gelangt. Sie sagte, wenn Nele unschuldig ist, dann wird das schon bewiesen werden, deshalb hätte sie nichts zu befürchten."

„So ganz schlüssig ist das nicht", murmelte Grimm unzufrieden.

„Haben Sie Carolyn Holthusen geliebt?", wollte Mats von dem Mann wissen, obwohl sich diese Frage erübrigte.

„Ja", bestätigte dieser leise.

„Sie haben nicht genau verstanden, warum Sie diese Aussage bei uns machen sollten, wollten sie aber dieses Mal beschützen“, schlussfolgerte der Kommissar weiter.

„Ja, genau. Muss ich jetzt wirklich ins Gefängnis?“, fragte er besorgt. „Dann kann ich nicht mehr für sie da sein.“

„Das sollte nicht Ihre größte Sorge sein“, übernahm Grimm wieder. „Wenn Sie Ihre falsche Zeugenaussage zurückziehen und uns berichten, wie es wirklich war, bleiben Sie auf freiem Fuß.“

Böttcher nickte. „Und was passiert mit Carolyn?“

„Das werden die weiteren Ermittlungen ergeben“, wich Grimm der Beantwortung der Frage aus.

Epilog

Emilia und Piet freuten sich besonders, als Nele sie nach Abschluss der Ermittlungen in ihrem Haus in Friedrichstadt besuchte. Die junge Frau war wie ausgewechselt, schien entspannt und sogar fröhlich. Von der Idee, aus dem brisanten Stoff einen Roman zu machen, war sie regelrecht begeistert.

„Bist du dir sicher?“, fragte Piet. „Selbst, wenn wir Namen und Schauplatz verfremden, wird es vielleicht Leser geben, die den Rückschluss auf deine Familie ziehen. Das könnte für dich zum Spießrutenlauf werden.“

„Ich habe davor keine Angst mehr“, antwortete Nele mit neuem Selbstbewusstsein. „Der Schock, dass meine Mutter nicht nur Mordopfer, sondern auch selbst eine Mörderin war, sitzt nach wie vor tief. Insgeheim habe ich sie immer für ihre Stärke bewundert. Nun hat sich dahinter ihre dunkle Seite gezeigt. Der ganze Zusammenhalt der Freundinnen basierte auf diesen grauenvollen Taten. Erst Selbstjustiz, dann der Mord an einem Mitglied der eigenen Clique. Tessje war nicht so großartig, wie sie nach außen gewirkt hat. Sie braucht nicht posthum auf einen Sockel gestellt zu werden. Immerhin ist durch den DNA-Nachweis an den Überresten von Martina Schmidt die Beteiligung der vier Freundinnen eindeutig nachgewiesen."

„Ja, damit werden Sabine, Kerstin und Carolyn nun angeklagt. Für ihre Selbstjustiz an dem mutmaßlichen Vergewaltiger werden sie nicht mehr zur Verantwortung gezogen, der Leichnam ist damals eingeäschert worden", ergänzte Emilia.

„Ich bin fassungslos über das mangelnde Vertrauen zwischen Carolyn und Tessje. Warum hat sie nicht einfach mit meiner Mutter gesprochen?", fragte Nele stirnrunzelnd.

„Die Polizei geht davon aus, dass sie genau das getan hat. Allerdings war sie immer neidisch auf die Freundinnen, die den alten Fall hinter sich gelassen und sich eine erfolgreiche Karriere mit einem entsprechend hohen Lebensstandard aufgebaut hatten. Im Laufe der Zeit hat sie wohl eine Menge Groll, vielleicht sogar Hass entwickelt. Immerhin war sie das Vergewaltigungsopfer. Dieses schreckliche Erlebnis konnte sie nie vergessen. Und obwohl die Freundinnen die Tat für sie gesühnt haben und damit selbst zu Mörderinnen wurden, hat sie ihnen nie ganz vertraut. Das verstärkte sich über die Jahre. Insbesondere Tessje, die zu dem beruflichen Erfolg auch das private Glück mit Jens erleben durfte, hat sie am meisten beneidet."

Emilia schüttelte traurig den Kopf.

„Hat sie etwa auch meinen Vater auf dem Gewissen?“ Erschrocken riss Nele ihre Augen auf.

„Nein, davon gehen die Kommissare nicht aus. Die alten Berichte wurden genau geprüft. Es handelte sich nach deren Erkenntnissen wirklich um ein tragisches Unglück“, erklärte Piet.

„Ganz sicher können wir da wohl nie sein, aber Carolyn wird so oder so eine lange Haftstrafe bekommen. Was ist denn an dem Abend des Mordes genau passiert? Konnte die Polizei das rekonstruieren? Hat Carolyn ein Geständnis abgelegt?“, fragte Nele weiter, nachdem sie sich wieder beruhigt hatte.

„Erst hat sie beharrlich geschwiegen. Die Kommissare konnten sie aber immer mehr unter Druck setzen. Nach Vorlage der DNA-Beweise im Fall Martina Schmidt wurde sie merklich unsicherer. Als sie schließlich von den Alibis von Kerstin und Sabine am Mordabend von Tessje erfuhr, bröckelte ihre Standhaftigkeit weiter. Außerdem sind am Fahrrad deiner Mutter ein paar Haare von Carolyn gefunden worden. Das allein wäre kein Beweis für die Tat, aber schließlich ist sie zusammengebrochen und hat ein Geständnis abgelegt.“

„Das heißt was genau?“ Nele hielt vor Spannung den Atem an.

„Carolyn hatte wie vermutet die Sorge, dass Tessje sich auf dem Sterbebett erleichtern würde. Ihr Leben war schon schwer genug. Natürlich wollte sie nicht ins Gefängnis gehen ...“

„Das hat ja wunderbar geklappt“, warf Nele sarkastisch ein.

„Ja. Da sie von den abendlichen Radtouren wusste, beschloss sie, Tessje auf dem recht einsamen Weg abzufangen, um sie dazu zu befragen."

„Und hat gleich ein Messer mitgenommen?", fragte Nele.

„So war es leider. Das zeigt, mit welcher Haltung sie in das Gespräch gegangen ist. Wie gesagt: Carolyn hat lange Groll gegen deine Mutter gehegt und ihr nicht mehr vertraut."

„Krass! Ich wette, meine Mutter hat sie zusätzlich provoziert."

„Du kanntest Tessje wirklich gut", bestätigte Emilia. „Nach Carolyns Aussage ist es so gewesen. Sie selbst hat rotgesehen und das Messer gezückt. Daraufhin hat deine Mutter nur gelacht und sie gefragt, ob sie ihr Angst einjagen will, sie sei ohnehin dem Tod geweiht. Alles, was sie noch erwartete, seien Schmerzen. Carolyn würde ihr einen Gefallen tun, ihrem Leben dort am Deich ein Ende zu setzen."

„So hat sie sich wirklich geäußert?"

„Das werden wir nie erfahren. Aber so hat Carolyn es ausgesagt. Es hat ihr den Rest gegeben, von Tessje ausgelacht zu werden. All ihre Wut und die Demütigungen haben sich entladen, indem sie immer wieder auf Tessje eingestochen hat. Sie war wohl wie von Sinnen." Emilia war bei ihrem Bericht immer leiser geworden.

„Ich muss ehrlich gestehen: Das hätte ich ihr nie zugetraut. Durch ihre zurückhaltende Art mochte ich sie am liebsten." Nele zeigte sich betrübt. „Warum hat sie eigentlich mich belastet? Hhm, das ist eigentlich die falsche Frage. Wie konnte sie sicher sein, dass ich die Aussage ihres falschen Zeugen nicht mit einem Alibi aufhebe?"

„Sie war, bevor sie zu Tessje fuhr, bei dir in Tating, um zu schauen, ob du alleine zu Hause bist", erklärte Piet.

„Das ist ja wirklich ... mir fehlen die Worte!“, entrüstete sich Nele.

„Willst du wirklich, dass wir diesen Stoff in einem Roman veröffentlichen?“

„Auf jeden Fall! Es ist immerhin ein gutes Beispiel, wie wenig sich Mord lohnt. Und Selbstjustiz ist einfach keine Lösung.“

„Du hast dich in den letzten Wochen sehr verändert“, sprach Emilia ihre Beobachtung aus.

„Ja, das stimmt. Tessje hat mich tatsächlich als Erbin in ihrem Testament eingesetzt. Das gibt mir alle Freiheiten. Ich habe beschlossen, ein Jahr zu reisen.“

„Das ist eine großartige Idee“, freute sich die Schriftstellerin mit Nele. „Und danach in das Unternehmen Carstensen einsteigen?“

„Nein, das auf keinen Fall. Davon verstehe ich nichts und ich will es auch nicht lernen. Die Geschäftsführung bleibt bei Tobias Hansen. Allerdings haben wir gemeinsam beschlossen, dass Syltprojekt endgültig auf Eis zu legen. Das Grundstück wird allerdings nicht verkauft, sondern in seinem ursprünglichen Zustand bleiben. Ich sehe das als kleinen Beitrag zum aktiven Umweltschutz.“

„Du hast dich mehr verändert, als ich bisher gesehen habe.“

„Ja, das stimmt. Da ich nicht weiß, was ich im Anschluss an das Jahr machen möchte, habe ich mich vorerst beurlauben lassen. Ich habe ja reichlich Zeit, mir darüber klar zu werden“, teilte Nele ihren gespannten Zuhörern mit.

„Vielleicht findest du irgendwo in der Welt einen Platz, an dem du leben möchtest“, spekulierte Piet.

„Möglich, aber eher unwahrscheinlich. Ich komme bestimmt zurück, um hier auf Eiderstedt zu leben.“

„In dem Haus in Stufhusen?“, fragte Emilia neugierig.

„Nein, das ganz bestimmt nicht. Für den Verkauf ist bereits ein Makler beauftragt. Ich habe mich in der einen Nacht dort so unwohl gefühlt – und da wusste ich noch nichts von der Leiche im Garten. Das ist definitiv kein Ort, für mich. Da findet sich bestimmt etwas Heimeligeres. Nochmals vielen Dank für eure Unterstützung. Wer weiß, was sonst aus mir geworden wäre!“

***

Kleines Lexikon norddeutscher Begriffe

Moin/Moin Moin	Begrüßung für den ganzen Tag
zu Potte kommen	weitermachen, fertig werden
Gosch	Fischrestaurant aus Sylt
sabbelig	redselig
piesacken	zusetzen, triezen
Gezuckel	langsames Fahren
„mach hinne"	mach weiter, werde fertig!
Klönschnack	gemütliche Plauderei
schnacken	sich unterhalten
dumm Tüch	dummes Zeug
lütt	klein
Buddel Köm	Flasche Korn
scheun	schön
grienen	Grinsen, lächeln
Priel	Rinne im Wattenmeer, in der sich auch bei Ebbe Wasser befindet
min seute Deern	mein süßes Mädchen
vertellen	erzählen
Schiet	Scheiße
Kopp in Nacken	Kopf in den Nacken
verklickern	erklären
Friesengeist	nordischer Schnaps
Pharisäer	Kaffeespezialität mit Rum und Schlagsahne
Pott Kaffee	Becher Kaffee
aufgebretzelt	chic angezogen/zurecht gemacht

schnieke	Chic
Rundstück	einfaches helles rundes Brötchen
Alsterwasser	Bier und weiße Limonade
Gedöns	als überflüssig erachtete Gegenstände
Scheibenkleister	s. Schiet
Butter bei die Fische	Klartext reden, nichts zurückhalten
Auf dem Kieker	Besondere Aufmerksamkeit, wörtlich Fernglas
Franzbrötchen	Plunderteig mit Zimt und Butter, ursprünglich aus Hamburg
Jo	Ja
fünsch	wütend, ärgerlich
vertüdeln	vergeuden
Wo geiht di dat?	Wie geht es Dir?
Klönschnacktür	Zweigeteilte Außentür, bei der man einen Klönschnack halten kann, indem man nur den oberen Teil öffnet
Mors	Hinterteil
Friesenschnitten	Blätterteig, Pflaumenmus, Sahne
Kluntjes	Kandiszucker
Graue Stadt am Meer	Husum, der Begriff wurde von dem Dichter Theodor Storm geprägt
mittenmang	mittendrin
Döntjes	Anekdote aus dem Alltag

Hat Ihnen die Geschichte gefallen?

Dann freue ich mich sehr über eine positive Rezension bei Amazon oder auf einem anderen Portal, denn Bewertungen werden für uns Autoren immer wichtiger.

Das muss kein langer Text sein, schreiben Sie einfach, was Sie anderen Lesern gerne zu dem Buch mitteilen wollen. (Aber natürlich nicht verraten, wie die Geschichte endet.)

Ich danke Ihnen im Voraus!

Herzlich
Ihre Stefanie Schreiber

Danksagung

Bevor ein neues Buch das Licht der Welt erblickt, gibt es erst einmal viele Stunden des Planens, Recherchierens und des Schreibens. Dafür nutze ich am liebsten die frühen Stunden des Tages. Morgens und am Vormittag bin ich frisch und kreativ.

Im Anschluss wird der Text mehrfach überarbeitet! Ich freue mich sehr, dass ich dafür so großartige Unterstützung habe. Ich danke meiner Lektorin Ursula Schneider, die den Text mit ihren Anregungen bereichert. Ich danke meiner Korrektorin Margarete Götz, die jedem Fehler auf der Spur ist.

Vielen Dank an meine Designerin Jette Marthens, die nicht nur Emilia und Piet ein Gesicht verliehen hat, sondern auch die Cover der Nordfriesen-Reihe gestaltet und meine Texte setzt.

Eine große Bereicherung in meinem Autorinnenalltag stellen meine Kolleginnen Aurelia Blum, Maiken Brathe und Sabine Hirschfeld dar, mit denen ich im täglichen Austausch zu allen Fragen rund um den Schreibprozess verbunden bin. Wir unterstützen uns in konkreter Textarbeit, sowie bei der Zielerreichung und Motivation. Ich bin dankbar, Teil dieses großartigen Teams zu sein!

Schließlich gilt mein Dank meinem Team von treuen Testlesern, die mich im Schreibprozess unterstützt haben.

Ihre

Stefanie Schreiber

Die Autorin über sich

Meine Leidenschaft für das Schreiben entstand bereits vor über fünfundzwanzig Jahren, doch ich hatte mich nach meinem betriebswirtschaftlichen Studium gerade selbständig gemacht und wollte erst einmal "bodenständig arbeiten", um meine Existenz zu sichern.

Meine Liebe zur Nordsee begann nach dem Abitur bei einem zehntägigen Aufenthalt nahe Heide, weil mein Geld für die geplante Nordkap-Tour nicht reichte. Der Urlaub legte außerdem den Grundstein zu meiner Altersvorsorge mit Ferienimmobilien; ich träumte seitdem von einem eigenen Haus unter Reet.

Als ich 2011 beschloss, mich endlich dem Schreiben zu widmen, entschied ich mich für ein berufsbegleitendes Journalismus-Studium, um meine Schreibkompetenz auf professionelle Beine zu stellen. Die daraus resultierende Idee, mein betriebswirtschaftliches Know-how und meine langjährige Vermietungserfahrung in Wirtschaftsratgebern zu vereinen, brachte mich über die nächsten Jahre von meinem Plan ab, Geschichten zu erzählen.

2017 plante ich meinen ersten Krimi. In einem Workshop entstand die Idee, auch diesem den Ferienhaus-Background zu verleihen - und wo ist es schöner als in Sankt Peter-Ording? Ich baute die *Weiße Düne* und schuf meinen schrulligen Hausmeister Torge Trulsen, der als Miss-Marple-artiger Hobbyermittler, den Kommissaren gerne dazwischenfunkt.

Nach Vollendung meines achten Sankt-Peter-Ording-Krimis küsste mich die Muse. Die Charaktere Emilia und Piet Anderson erblickten das Licht der Welt und ermitteln nun parallel in meiner neuen Reihe.

Stefanie Schreiber

Leseprobe

Torge Trulsen

Charlotte Wiesinger

Mord im Watt vor St. Peter-Ording

Der erste Fall für Torge Trulsen und Charlotte Wiesinger

Prolog

Die Nacht senkte sich über das Watt vor St. Peter-Ording. Ein wenig Restlicht vom Tage ließ den Dunst fast wie Nebel und ein bisschen gespenstisch aussehen – doch das störte ihn nicht. Am besten konnte er seinen düsteren Gedanken entfliehen, wenn er über den freigelegten Meeresboden marschierte – vorzugsweise nachts in aller Stille und ganz allein. Er war dann eins mit der Umgebung, hörte lediglich ein paar späte Vögel, das sanfte Plätschern in den Prielen sowie das leicht schmatzende Geräusch, das jeder seiner Schritte im Schlick hinterließ.

Er spürte die leichte Brise im Gesicht, schmeckte das Salz des Meeres auf seinen Lippen. Vor einigen Stunden hatte das Wasser sich zurückgezogen. Schon bald würde es wiederkehren, die Spuren mit sich nehmen, so dass aus dem Watt erneut der makellose Boden der Nordsee wurde.

Gleiches geschah bei diesen Wanderungen sonst auch mit seiner Seele, doch heute funktionierte es nicht. Er fühlte sich angespannt; die Gedanken kreisten um den Verlust. Die Wunden, die nicht heilen wollten, ließen ihn immer wieder auf Rache sinnen. Würde ihm das endlich die ersehnte Ruhe geben und seinen Seelenfrieden zurückbringen? Die Zweifel überwogen.

Einige Möwen schrien im schwindenden Licht. Wie er den Norden mit all seinen Facetten liebte!

Die Geräusche, die Gerüche, die Farben.

Das Licht des Tages war jetzt verschwunden, doch hell leuchtete der Mond über das Watt. Vereinzelte Wolken warfen Schatten, in denen die Umgebung fast schwarz aussah. Tief sog er den Duft des Meeres in seine Lungen, unter seinen Füßen knackte eine Muschel. Sein Blick streifte kurz den Boden und nahm die vertrauten gedrehten Sandtürmchen der Wattwürmer wahr. In einer Mulde hatte sich eine Pfütze gebildet.

Ein Geräusch riss ihn aus den flüchtigen Betrachtungen seiner Umgebung. Er lauschte, ob es sich wiederholte. Angst empfand er nicht.

Stille – bis auf ein leichtes Rauschen des Windes, der hier nur selten einschlief. Nein, nichts Ungewöhnliches!

Er ließ seinen Blick schweifen und erkannte, dass er sich bereits weit vom Strand von Sankt Peter-Ording entfernt hatte. Klein schienen die imposanten Pfahlbauten im matten Mondschein. Was für eine herrliche Nacht! Wäre sie doch jetzt bei ihm. Jetzt! Mit ihr hätte er es vollends genießen können. Bitter wie Galle drängten sich die düsteren Gedanken wieder in den Vordergrund.

Sie war so stark gewesen, so optimistisch, so kämpferisch. Und hatte gesiegt – bis zu jenem verhängnisvollen Tag, der alles veränderte. Wieder hörte er ein Knacken. Er schaute sich um. Da der Mond hinter einer dicken Wolke verschwunden war, erkannte er seine Umgebung nur schemenhaft. Hatte sich dort etwas bewegt? Angestrengt versuchte er, die Dunkelheit zu durchdringen.

Als er den Schatten sah, war es bereits zu spät. Im nächsten Moment spürte er den Schlag hart auf dem Hinterkopf. Ein geradezu absurder Schmerz erfasste erst seinen Kopf, bevor er dann die Wirbelsäule hinabzog. Das kalte Wasser des Priels drang durch seine Kleidung, dann wurde alles um ihn herum schwarz.

Marina in St. Peter-Ording

Samstag, den 02. September

Irgendwann schmeiße ich dieses kleine knubbelige Kerlchen raus. Der macht mich irre! Als ob hier nicht schon genug Wahnsinn tobt.

„Das würde ich mir gut überlegen, er ist einer derjenigen, die den Laden hier am Laufen halten." Ungerührt betrachtete die alte Sekretärin Marina über ihre Lesebrille hinweg, die ihr wie immer drohte, von der Nasenspitze zu rutschen.

Erschrocken starrte Marina ihre Mitarbeiterin an.

„Torge gehört hier quasi zum Inventar, er kennt jeden Winkel - einen besseren Hausmeister können Sie nicht finden."

„Es hat sich schon wieder ein Gast über seine Unfreundlichkeit beschwert ..." Marina fühlte sich durch den Ausbruch ihrer Gedanken in der Defensive.

„Kindchen, Sie sind noch nicht lange hier. Im Juli und August drehen bei Dauerregen alle durch. Sie wollen den perfekten Urlaub am perfekten Strand. Dabei vergessen sie, dass St. Peter nicht Saint Tropez ist. Das haben wir ja nun geschafft. Jetzt Anfang September wird sich alles wieder normalisieren."

Marina hörte gar nicht mehr zu. Wenn sie mich noch einmal Kindchen nennt, schmeiße ich sie gleich mit raus. Durch den Abschluss an der Uni für Hotelmanagement als Jahrgangsbeste hatte sie es sich verdient, mit Respekt behandelt zu werden. Doch weil ihre Bewerbungen bei den namhaften großen Hotels in den Metropolen des Erdballs leider ohne Ergebnis blieben, war sie nun als Managerin in diesem Feriendorf gelandet.

Was sich auf dem Papier recht verlockend anhörte – Ferienanlage mit 150 Wohneinheiten direkt hinter den Dünen des breiten Strandes von Sankt Peter-Ording – wurde real zu einer Katastrophe. Im Sommer tobte der Wahnsinn in Gestalt von wildgewordenen Feriengästen, die überall Sand hinschleppten; im Winter tobte der Sturm, begleitet von Langeweile. Doch Marina hatte sich geschworen, mindestens drei Jahre durchzuhalten.

Auch ihr Team, das scheinbar nur aus unfähigen Landeiern zu bestehen schien, würde ihr nicht den Lebenslauf versauen.

Drei Jahre hielt sie durch! Das hatte sie sich geschworen.

„... und dann muss jemand zur Reinigung des Wellnessbereichs eingeteilt werden. Hansen hat sich krankgemeldet."

„Schon wieder?"

Greta Petersen stand nach wie vor unaufgeregt vor ihrem Schreibtisch. Sie schaute Marina an, ohne die Miene zu verziehen. Schließlich fragte sie dann doch etwas spitz: „Soll ich Torge damit beauftragen?"

Es kostete Marina alle Kraft sich zu beherrschen, sie nicht anzuschreien. Heute nervte sie einfach alles. Seit zwei Wochen Regen! Weil die Feriengäste sich langweilten, ließen sie ihre Unzufriedenheit aneinander sowie an dem Personal aus. Sie kamen nicht nur mit Sonderwünschen, sondern auch mit absurden Beschwerden.

Marina sehnte sich nach Ruhe. Die Urlauber wussten gar nicht, wie gut sie es hatten. Statt zu genießen ...

„Ja, Frau Petersen, beauftragen Sie Torge. Der Wellnessbereich muss picobello sein. Bei diesem Mistwetter werden viele dort entspannen wollen."

„Der Wellnessbereich wird immer gut gepflegt, wenn ich mir die Bemerkung erlauben darf."

„Ja, ja ...!" Marina warf ihr einen genervten Blick zu. „Das wäre dann alles."

Greta Petersen nickte und schritt zur Tür. Während die Managerin ihrer Sekretärin hinterherblickte, schnitt sie eine Grimasse.

Verdammt! Heute war echt nicht ihr Tag. Wie gern würde sie jetzt eine rauchen – aber sie hatte im Januar aufgehört. Noch so eine blöde Idee. Die Luft war hier so frisch, die würde ein paar Zigaretten am Tag sicher kompensieren. Sie riss ihre Schreibtischschublade auf und wühlte nach der letzten halben Schachtel, die sie hier für Notfälle deponiert hatte. Dies war eindeutig ein Notfall!

Wütend starrte Marina das in dem Moment klingelnde Telefon an. Wer störte denn nun schon wieder?

In der Hoffnung, es würde schweigen, wenn sie es ignorierte, setzte sie ihre Suche fort. Endlich wurde sie fündig. Zehn Zigaretten sowie ein Feuerzeug steckten in der zerknitterten Schachtel. Unentschlossen betrachtete Marina das Objekt der Begierde. Fast acht Monate hielt sie mittlerweile durch und sie würde sich dafür hassen, wenn sie jetzt einknickte.

Das Telefon klingelte beharrlich weiter. Ein Blick auf das Display verriet ihr eine bekannte Mobilnummer: Sie gehörte der Frau des betuchten Schönheitschirurgen, die schon seit Ostern einen der Premium-Bungalows in der ersten Wasserlinie bewohnte. Zumindest wenn das Wasser einmal da war. Immer wenn Marina Zeit für einen

Strandspaziergang hatte, zog es sich gerade zurück, um eine unattraktive schlammige Fläche zu hinterlassen. Nordsee, was fanden nur alle daran?

Die Anruferin gab nicht auf. Warum rief diese verwöhnte Schnepfe nicht einfach an der Rezeption an? Ständig nervte sie Marina mit ihren Sonderwünschen. Wenn sie jetzt ranging, würde es ihr definitiv den Rest für den Tag geben.

Sie riss den Hörer vom Apparat.

„Ferienpark *Weiße Düne*, mein Name ist Marina Lessing. Guten Tag."

„Guten Tag Frau Lessing, hier ist Margarete Süßholz. Wie schön, Sie gleich zu erreichen. Ich wollte noch ein paar Details für das Wochenende besprechen, mein Mann kommt ja morgen wieder aus Hamburg."

Ja, klar! Sie verbrachte den ganzen Sommer hier und hatte in Anlehnung an *Dirty Dancing* den Spitznamen Bungalow-Prinzessin bekommen. Er kam meist am Wochenende.

„Frau Lessing, ich wünsche jeden Tag frische Blumen im Wohnbereich, am liebsten sind mir Sommerblumen in Orangetönen. Auf keinen Fall Nelken oder Chrysanthemen."

„Frau Süßholz ..."

„Mein Mann treibt ja immer viel Sport. Wir brauchen dafür extra Handtücher ..."

„Frau Süßholz", Marina wurde lauter „Ich habe ein Gespräch auf der anderen Leitung. Die Rezeption wird Sie gleich zurückrufen. Ja? Wunderbar! Wir melden uns."

Sie legte auf. Das war nicht nur unfreundlich, sondern auch unprofessionell, aber Marina konnte nicht anders. Beinahe aus ihrem Büro rennend stopfte sie die Zigaretten in ihre Tasche. Die Petersen rief ihr noch irgendwas wegen Torge Trulsen hinterher, aber Marina hörte nicht mehr zu.

Schnell war die Raucherecke hinter dem Haupthaus erreicht. Die erste Zigarette nach so langer Zeit schmeckte fürchterlich, aber ihre Nerven beruhigten sich merklich.

Sie ließ den Blick über die Dünenlandschaft schweifen. Strandhafer und Gräser, dazu die Weite des Ordinger Strandes. Heute wirkte dieser Anblick sogar entspannend auf ihr erregtes Inneres. Vielleicht, weil das Wasser ausnahmsweise einmal dem Strand schmeichelte. Tief sog sie den Rauch in die Lungen. Ihr Blick wanderte weiter.

Stutzend entdeckte sie eine Menschenmenge, die sie nicht mit einer Urlaubsaktivität in Zusammenhang brachte. Sah eher so aus, als scharten sich die Menschen um etwas, was dort angespült worden war.

Noch einmal inhalierte sie tief, bevor sie die Zigarette auf dem Boden austrat. Als sie den Stummel aufhob, hätte sie sich am liebsten gleich eine Zweite angezündet. Da löste sich Torge Trulsen aus der Menge und kam direkt auf sie zu. Heute blieb ihr wirklich nichts erspart.

Die Gier nach einer weiteren Zigarette wurde übermächtig, doch sie nahm sich zusammen. Der Hausmeister kam mit hohem Tempo näher. Sich so schnell zu bewegen, hätte Marina ihm gar nicht zugetraut. Er wirkte eher klein, außerdem durch die untersetzte Figur etwas gedrungen. Die wirren Locken erweckten nicht den Eindruck, als würden sie allzu häufig auf einen Kamm treffen. Trotz seiner Mitte fünfzig waren sie jedoch voll und blond. Lediglich an den Schläfen zeigten sich graue Spuren, was seine Attraktivität allerdings nicht steigerte.

„Frau Lessing!“ Als Torge sie entdeckte, rannte er auf sie zu. „Was machen Sie denn hier? Ich dachte, Sie hätten aufgehört zu rauchen.“

Marina fühlte sich ertappt – ausgerechnet Torge erwischte sie bei ihrem Rückfall! Aber die Frage war ja wohl nicht, was sie hier tat, sondern warum er am Strand herumspazierte, statt den Wellnessbereich zu reinigen.

„Und was machen Sie hier?“, konterte sie.

„Ich habe einen freien Vormittag. Mein Arbeitsbeginn ist heute erst um dreizehn Uhr ... das ist doch jetzt unwichtig ...!“

„Unwichtig?“ Marina war fassungslos über seine Respektlosigkeit.

„Ja, unwichtig.“ Torge wurde ungeduldig. Offen unwillig schaute er sie an. „Da liegt ein Toter am Strand!“

„Ein Toter?“ Marina vergaß ihren Ärger, „Ein Einheimischer oder ein Tourist?“ Hoffentlich kein Bewohner der *Weißen Düne* – das würde nicht nur neue Probleme, sondern auch negative Publicity bringen.

„Weiß nicht, er liegt auf dem Bauch. Knud sichert den Tatort.“

„Er sichert den Tatort? Ist er ermordet worden?“

„Sein Schädel ist übel zugerichtet, hat eins drübergezogen bekommen ... sieht nicht nach Ertrinken aus.“

„Aha – und wer ist Knud?“

„Na, Kommissar Knud Petersen, der Sohn von Ihrer Greta!“

Der Blick, der Marina traf, sagte so viel wie: Du kriegst ja gar nichts mit. „Ansgar ist schon aus Husum unterwegs.“ Nach einer kurzen Pause fügte er hinzu: „Der Gerichtsmediziner!“

Marina nickte abwesend. Torge kannte hier offenbar jeden und war mit allen per Du. Ein waschechter Nordfriese, dem es nie einfallen würde, woanders zu leben als auf diesem platten Land, wo man morgens schon sieht, wer abends kommt. Offensichtlich hatte das dem Toten nichts genützt. Wenn er tatsächlich erschlagen worden war, hatte der Spruch versagt.

Marina schaute auf ihre Uhr. Es war fast elf.

Entschlossen steckte sie die Zigaretten in die Tasche. „Kommen Sie mit, Trulsen. Hansen hat sich wieder krankgemeldet, ich brauche Sie für die Reinigung des Wellnessbereichs. Die Gäste langweilen sich bei diesem miesen Wetter. Sie erwarten dort alles sauber und gepflegt."

„Frau Lessing, ich fange um dreizehn Uhr an. Dort ist bestimmt noch alles tippi toppi. Vormittags ist fast keiner im Wellness-Bereich. Ich gehe jetzt noch einmal an den Strand, um zu gucken, ob Knud noch etwas braucht."

Marina schluckte den erneut aufwallenden Ärger herunter. So funktionierte es nicht, aber jetzt hatte sie keinen Nerv auf eine Kraftprobe. Womöglich war sie doch ein wenig führungsschwach. Dieses Feedback hatte sie nach dem Praktikum im Management des Atlantik Hotels in Hamburg bekommen, aber nicht für bare Münze genommen. Mit der alten Schachtel - ihrer Chefin - war sie vom ersten Tag an nicht klargekommen. Marina hielt ihren Führungsstil für genauso antiquiert wie ihre Klamotten sowie den grauen Dutt, der bei jeder ihrer Kopfbewegungen wild herumtanzte. Alle hatten sich ihrem Kommando gefügt – alle außer Marina. Ihr Zeugnis war dementsprechend ausgefallen. Deshalb war ihre einzige Option dieser Job bei den Landeiern und nicht einmal die hatte sie im Griff. Was für ein Scheißtag! Wäre sie doch bloß im Bett geblieben.

Nachdem sie Trulsen wortlos stehen gelassen hatte, schlug sie die Richtung ihres Büros ein. Fast konnte sie spüren, wie er hinter ihrem Rücken seine rechte Augenbraue hochzog, was ihm diesen überlegenen Gesichtsausdruck verlieh.

Sie wagte es nicht, sich noch einmal umzudrehen.

***

Die Kuschelkrimis von Stefanie Schreiber

Sankt-Peter-Ording-Kriminalromane
Die Fälle für Torge Trulsen und Charlotte Wiesinger:

1. Mord im Watt vor St. Peter-Ording
2. Todesfalle Hochzeit in St. Peter-Ording
3. Das 13. Kind aus St. Peter-Ording
4. Doppelmord hinterm Deich bei St. Peter-Ording
5. Tatort Weiße Düne in St. Peter-Ording
6. Nachts im Pfahlbau in St. Peter-Ording
7. Im Schatten der Rache bei St. Peter-Ording
8. Trügerische Stille in St. Peter-Ording
9. Göttliche Gier in St. Peter-Ording

   Fortsetzung folgt!

Nordfriesen-Küstenkrimis
Die Fälle für Emily Anderson:

1. Nordfriesenmord
2. Nordfriesenfrost

   Fortsetzung folgt!

Anekdoten:
20 Jahre Reetkate Tating - Aus dem Ferienhaus geplaudert - Erstaunliche Geschichten und emotionale Momente aus dem Alltag der Vermietung

Wirtschaftsratgeber
zum Vermögensaufbau mit Ferienimmobilien:

Mit Ferienimmobilien Vermögen aufbauen und Steuern sparen! In elf Schritten zur erfolgreichen Vermietung

Das Arbeitsbuch! Mit Ferienimmobilien Vermögen aufbauen und Steuern sparen | Ihr persönlicher Begleiter auf den elf Schritten zur erfolgreichen Vermietung

Erfolgreiche Vermarktung Ihrer Ferienimmobilie!
Der optimale Marketing-Mix inklusive Social Media für Ihren Vermietungserfolg

Ihr Ferienimmobilien-Marketingplaner!
Eine strukturierte Arbeitsvorlage für Ihren optimalen Marketing-Mix inklusive Social Media

Reihe Ferienimmobilie aktuell:

1. Richtige Kaufentscheidung und erfolgreicher Start mit Ihrer ersten Ferienimmobilie!
2. Wirtschaftlichkeitsberechnung und Finanzierung Ihrer erfolgreichen Ferienimmobilie!